Sonya
ソーニャ文庫

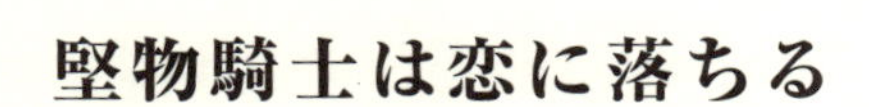

堅物騎士は恋に落ちる

秋野真珠

イースト・プレス

contents

序章　005
一章　011
二章　041
三章　073
四章　087
五章　141
六章　160
七章　185
八章　210
九章　236
十章　259
終章　274
あとがき　284

序章

「結婚しなさい」

「――は？」

父、コンラートの言葉に、クリスタは耳を疑った。

侯爵家の娘にあるまじき、歪んだ顔と間の抜けた返事だったけれど、それほどに思考が理解を拒否する言葉だったのだから仕方がない。

クリスタは今年二十二歳になった。

しかし、結婚の気配もなければ婚約者もいない。

十八歳で成人するこのアルヴァーン国において、高位貴族であるヴェーデル侯爵家の長女が、独り身のまま、社交界へ出向くこともなく領地で引き籠もるように暮らしていては、人々の間で醜聞が立ってもおかしくない。

父親として温和で家族思いで、家長としてこれまでクリスタの好きにさせてくれていたけれど、さすがにこのまま放置できない歳になったということだろう。

クリスタもわかっている。

わかってはいるけれど、これまでもいろいろな理由を並べては逃げて来た。家族に「よく回る口だ」と呆れられるその口で、今回も逃げの言葉を探す。

「お父様、私まだお父様たちと一緒に暮らしていたいわ。結婚すればなかなか会えなくなってしまうもの。大好きなお母様にも、もう少し親孝行をしていたいの」

「孝行娘だと言われたいのなら社交界の噂になる前に嫁に行きなさい」

「…………」

得意の笑顔まで付けたというのに、娘のその顔に慣れた父にはもう通用しないようだった。

でもそれくらいで諦められるはずがない。

クリスタはどうにか逃げ道がないかと頭を働かせた。一日動いて疲れ切った夜の、しかもう思考も停止した眠る直前にこんな話をするなんて、さすがは父だ。クリスタは敵もさる者だと思いながら、必死に考える。

「でも、お父様、私、お相手が……」

「相手がいないのなら、見つけなさい。明日から王都へ行き、社交界に顔を出すように。

そのための準備は王都の屋敷でお母様がしてくれている」

「そんな急におっしゃってもお父様、私にも準備というものが」

「お前の準備は侍女に言いつけてすでに終えている。お前はその身ひとつでこの家を出ればいいのだ」

「お、お父様……」

「ヴィンフリートも王都で待っている。弟を見習って社交に励(はげ)みなさい」

可愛い弟のことまで持ち出され、クリスタは言葉を失(な)くす。

さすがに父は娘をよく知っている。逃げ道はすべて塞いでから、今ここにいるようだ。

「貴族の一員として、もう親に甘える娘で居続けるのは止めなさい。人と触れ合い、結びつき、そしてこの国に繁栄をもたらすために、相手を探しなさい——もう土いじりをしている暇(ひま)はないのだ」

「ひどいわお父様！　私の大事な仕事をそんなふうにおっしゃって！」

「お前がしている作業は貴族の娘の仕事ではない。領地を支える領民たちの仕事だ。彼らの仕事を奪(うば)ってはならない。お前の仕事は彼らを助けるために良い人を見つけ、結婚することだ」

「うぐ……っ」

正論を吐く父に、クリスタは反論の糸口を探すも、今は何も思いつかない。

クリスタの仕事とは農作業そのものであり、確かに侯爵令嬢の仕事ではないからだ。

しかし素直に頷くほど子どもではないし、親の言うことを聞き入れられるほど大人でもない。

クリスタには自分が甘えている自覚があったし、逃げていることもわかっていた。

けれどクリスタはどうしても農作業がしたかった。そのやりたいことがあったから、すべて知らないことにしていただけだった。

この歳まで自由にさせてくれていた親には感謝しかないが、この歳まで自由にしてきたからこそ、ここで夢を諦めたくはない。

「私……私はお父様、ちゃんと必ず、結婚する意志を持っているし――」

「自分で相手を見つけられないなら、私がすぐに決めて――」

「すぐにお相手を探しますわお父様!!」

最後の言い逃れの途中で父に告げられた最後通牒(つうちょう)を、クリスタは遮(さえぎ)って言い切った。

すると父はその日で一番、満足そうな顔をした。

「そうか。期待しているからな。ヴィンフリートのためにも、優しい義兄をつくってやりなさい」

「…………」

「明日は忙しいから、早く休むように」

「…………」

忙しくしたのは父なのに。

しかしクリスタにはそう答えることができなかった。

完全に外堀(そとぼり)を埋められてしまった。

これで逃げ場はなくなり、クリスタは結婚相手を探さなければならないだろう。それでも、侯爵家という家柄のお陰で、探しやすいことは確かだ。

だがそれは、どんな相手でも結婚相手になりうる、という事実に繋(つな)がる。

結婚なんて——結婚なんて、そんなの！

クリスタは結婚が嫌なわけではない。

ただ、結婚すれば自分のやりたいことが続けられないとわかっていたから、結婚しなかっただけだ。相手を見つける、もしくは見初められる、という状況にならないためにも、社交界から離れていたのだ。

社交界に出たのは十五でデビューして以来、一度もない。それまで領地を出たことがなかっただけに、田舎の雰囲気とは違う人々の勢いに圧倒された。事前に両親から言われていた「隙を見せるな」という言葉を守って、必死に体面を保つための挨拶(あいさつ)を繰り返しただけで、面白くもなく、むしろ二度と関わりたくないという気持ちのほうが強かった。

だからこれまで、いろいろと理由をつけて王都に行くことも避(さ)けていたのに。

いずれ侯爵家を継ぐ弟のヴィンフリートに迷惑をかけないよう、貴族社会から消えるように領民のひとりとなって、農作業に勤しめるようになりたかった。

家族思いの父なら、娘の気持ちを酌んでそっとしておいてくれないかしら、と呑気なことを考えていたが、やはり侯爵家を担う家長は、そんなに甘くはなかった。

だがクリスタも、簡単に夢を諦め大人しくなる従順な娘ではなかった。

「相手を見つけましょう……」

ひとりになった部屋で、クリスタは夜更けまで計画を練った。

王都への旅は、クリスタにとって売られる仔牛の旅に等しい。仔牛のようにじっと待っているわけにはいかない人間のクリスタは、寝不足になろうとも必死に考えた。

そして名案を見つけたのだ。

「私、結婚相手に——振られてあげるわ！」

夜明けの光が差し込む部屋で、素晴らしい計画ができたと、クリスタはひとり笑い続けていた。

一章

彼女に出会ったのは、偶然という名の運命だった、とは思いたくなかった。

ゲープハルトは三十二歳になる。もう結婚していてもおかしくない年齢だが、仕事も楽しく相手もいないのでまだ独り身のままだ。兄のエックハルトはツァイラー子爵家を継ぐため、三十歳になる前に結婚した。

ゲープハルトには弟があと三人いる。すぐ下の弟は双子で、傭兵（ようへい）という仕事柄か彼らも未婚だった。しかし一番下の、まだ成人したばかりの弟は早々に相手を決めて、無事結婚した。すんなりと決まったわけではないが誰よりも幸せそうな弟の様子に、兄としても結婚できて良かったと思っている。

長兄も結婚生活はとても良好だ。伴侶が良い女性だから、という理由もあるだろう。

幸せそうな彼らを見ていると、結婚もいいものかもしれないと思う。しかし反面、良い結婚をするための相手をと考えると、二の足を踏んでしまうのも事実だった。

家族の皆も、仕事を第一に考えるゲープハルトを知っているから、無理に結婚しろとは言わなかった。それもあって、ゲープハルトはゆっくりと、納得いく相手を探そうと考えた結果、独り身でいる。

納得のいく相手、つまり、理想の妻像は、ゲープハルトにもあった。

優しくて芯の強い、まさに良妻賢母（りょうさいけんぼ）という、義理の姉のような女性。

義姉は弟の目から見ても素晴らしい人だ。真面目で仕事一筋の兄が幸せそうなのも、義姉のお陰だと思っている。だからいずれ、自分も義姉のような女性をと思っているが、現在までそんな女性にはお目にかかったことがない。

素晴らしい、と称（たた）えられる女性は、たいていすでに誰かの妻となっている。

この歳になるまで仕事に没頭していたゲープハルトが探し始めるのが遅かったのだ。

先を見通していた者たちは、早いうちから相手を探し始めていたからこその、今がある。

もはや、今さら焦（あせ）っても仕方がない。

ゲープハルトは、ゆっくり相手を探すつもりでいた。

ゲープハルトは近衛隊に入隊し、力を認められて国王付きの護衛騎士にまでなった。

ツァイラー家は子爵位だが、武芸で以（もっ）て国に仕えるという信念のもと、積み重ねてきた功績と現在の実力によって貴族社会でも地位は高いと自負している。

　今以上の爵位を望まない、というツァイラー家の意思は社交界にも広まっているから、子爵家であっても高位貴族の令嬢からの誘いもよくあった。舞踏会や夜会などに出かければ、まだ独身のゲープハルトと双子の弟たちはすぐに女性に囲まれる。

　兄弟の中でも、近衛隊の正装に身を包むゲープハルトの姿は一際目を引くようで、時折逃げ出したくなるような状況にも陥る。けれど『女性には優しく、貴族としての矜持を忘れず、真摯な態度で接するように』というのがツァイラー家の隠れた家訓でもあるから、言い寄ってくる女性を無下にはできない。

　これまで多くの女性が近づいてきたが、妻にしたいと思うほどの人には出会っていない。これでも人を見る目はあるつもりだから、それは間違いないだろう。

　この調子なら、もうしばらく独り身でいることになりそうだ、と思い始めていたときだった。彼女に出会ったのは。

　出会った、というのは少し語弊があるかもしれない。

　その女性を初めて見たのは王太子殿下の十歳のお祝いの席だった。当然のことながら、ゲープハルトは勤務中だ。

　宮殿の大広間に国中の貴族が集まり、お祝いを述べていく場で、ゲープハルトは国王の近くに控え、不測の事態が起こってもすぐに対処できるよう、気を張っていた。

　護衛騎士になった者は、周囲や会場内全体に常に意識を巡らせる。何かが起こってから動くのでは遅いのだ。国王夫妻、そして主役である王太子へ挨拶に来る貴族たちひとりひとりを確かめながら、それでいて気配を殺すようにしているわけだから、選ばれた人間しか護衛騎士になれないのも当然だった。

　ゲープハルトがこの地位を、爵位を継ぐために退いた兄から譲られたものだと思われていたのは最初だけで、今は実力でここにいるのだと誰もがわかっている。

　だから女性から視線を向けられるのもよくあることだった。

　けれどその女性の視線は、これまでの誰とも違うものだった。

　その気配を感じた瞬間、ぞくりと背中が震えた。

　いったい誰だ、と警戒したものの、視線の先には熱心にゲープハルトを見つめる女性がいるだけだ。

　国王に挨拶をしているその相手を確認すると、ヴェーデル侯爵とその家族だった。

　ヴェーデル侯爵は国内でも知らぬ者はいない高位貴族のひとりだ。侯爵領は国内でも広大な領地のひとつであり、気候のお陰か農作物の収穫量は国内随一だった。侯爵の最適な采配(さいはい)のお陰で、この国は戦争中でも飢饉(ききん)とは縁遠い裕福な国だった。

　けれどヴェーデル侯爵が有名なのは領地経営だけではない。侯爵自身が社交的であり、高位貴族にありがちな気位の高いところがなく、どんな者にも分け隔てなく接することから、平民からはもちろん、気難しいと思われる貴族たちからも好かれている珍しい人だった。

　その家族は正妻の奥方がひとりだけで、子どもは確か令嬢と子息がひとりずつ。その子息は最近成人したはずで、社交界にもよく顔を出すようになった。そして性格は父譲りだと評判になるほど、周囲からの評価は高い。

　きっと、ヴェーデル侯爵領は次代も栄えることだろう。

　けれど令嬢は、何故か領地から出ることを好まず、社交シーズンに入っても王都へ足を運ばないことで有名だ。弟である子息が成人しているのだから、姉である令嬢も成人しているはずだが、未婚だという。

　よい噂では、奥ゆかしい深窓の姫君なのだと言われるが、一方では姿形に自信がなく、よほどひどい性格だから人前に出せないのだろう、という悪い噂もあった。

　その令嬢の名は確か、クリスタ。クリスタ・ヴェーデル侯爵令嬢だ。

　しかしクリスタの姿を見れば、悪い噂など一瞬で吹き飛んでしまうだろう、とゲープハルトは思った。

　彼女の容姿を説明するなら、美しいという言につきる。

　根元が赤いチェリーブロンドの髪は綺麗に結われ、シャンデリアの灯りに煌めいて目を引いている。

彼女に視線が集まるのはそれだけではない。すらりとした身体に淡い紅色のドレスがとても似合っている。開いた胸元は白いが、首を飾る装飾品を取り外してむしゃぶりつきたくなるほど健康的で、魅力的だ。とても奥ゆかしい深窓の姫君には見えない。

そして人形のように整った顔の造形を見れば、醜い顔形をしているという噂も偽りだと誰もが気づくだろう。

クリスタの目は茶色だった。綺麗なその目が輝いて生気(せいき)を放ち、無機質な人形のような顔から、美しい女性へと変化させている。彼女の見ているものが、興味を引くものがいったい何なのか、その目を見た男なら誰でも知りたがるに違いない。

けれどゲープハルトは戸惑(とまど)った。

その目が向けられているのが自分だったからだ。

社交の場ではあるがゲープハルトは勤務中で、護衛騎士として無駄口は叩けない。

いつも女性から声をかけられても、「勤務中です」の一言で逃げている。実際、声をかけてくる女性の相手をしている暇もない。

クリスタはそのあたり、とてもできた女性なのかもしれない。

相手の様子を見て、状況を確認し、周囲を気遣える女性だ。これまでどうして社交界に出てこなかったのか、不思議で仕方ないが、この一晩で話題の人となるのは間違いないだろう。

その人からの視線を感じているのだ。勤務中であっても意識が向くのは仕方がない。

単純に、はっきりと好意を向けられていると受け取れるが、ゲープハルトは国王の護衛中だ。相手がたとえ侯爵令嬢であったとしても、他に思惑があるのかもしれないと緊張してしまうのも、仕事柄やむを得ないことだった。

クリスタを見ていると、ゲープハルトに視線を送りながらも、ちゃんと社交ができる女性らしいことがわかる。今まで公（おおやけ）の場に顔を出すことのなかった深窓のご令嬢が、思いがけず美しい女性であったとしたら、他の貴族が放っておくはずがない。

しかしいろんな男性から声をかけられながらも、クリスタは上手にかわし、誰にも禍根（かこん）を残さないよう笑顔を振りまいていた。

その彼女に何度も視線を向けられて、悪い気はしない。

常に影のように控えているゲープハルトを見ているので、周囲も、それこそ彼女の家族も、その視線に気づくのは当然だった。果ては国王までが苦笑して状況を理解し、ゲープハルトに少しの休憩を与え、場を離れることを許した。

ゲープハルトとしても、これほど美しい女性に意識されれば、期待が高まってしまうのも仕方がないだろう。

評判の良いヴェーデル侯爵家の令嬢だ。もしかしたら自分が望んできたような女性なのかもしれない、という期待だ。

そして広間の片隅で、ゲープハルトはクリスタと挨拶を交わした。

しかし、ゲープハルトに浮かんだ淡い恋心がその瞬間に砕け散ることになるなど、誰も予想していなかっただろう。

「初めまして、ゲープハルト・ツァイラーです。勤務中ですので、このような挨拶になり申し訳……」

「私はクリスタ・ヴェーデルです、ゲープハルト様！　お会いできて本当に嬉しいです！」

挨拶を遮って自己紹介をしてくる美女に、ゲープハルトは笑みを保ったまま固まった。

しかしクリスタは華やかな笑顔で、好意を持っていますと、まったく隠さずゲープハルトに近づいた。

「私、ゲープハルト様に夢中になってしまいました！　これからどうぞ、よろしくお願いいたします！」

「……えっと」

いつも冷静沈着なゲープハルトには珍しいことに、次の言葉を探して戸惑った。

クリスタが近い。

節度ある距離を取っていたはずなのに、それはクリスタの一歩でなくなり、レースの手袋をつけた彼女の手が近衛隊の制服に掛かっている。

まるでしなだれかかるような体勢だな、と思った瞬間にゲープハルトは我に返り、相手の勢いを抑えるように彼女の両腕を掴み、一歩下がった。

「お、お待ちくださいクリスタ様。私は、私たちはその……」

「まぁゲープハルト様、そんな他人行儀な。私のことはどうぞ、クリスタ、と……うふふ、呼び捨てなんて、恥ずかしい！」

「…………」

　自分の言葉に自分で恥じらい、頬を染めつつ喜びに身を捩る姿に、ゲープハルトは自分の中の何かが崩れたのを感じた。つい先ほどまでの、周囲を気遣える令嬢はどこにいったのか。

「それで……いつになさいます？」

「は？」

　何を問われているのか、一瞬意識が飛んでいたのかと焦ったゲープハルトだが、にこやかなままのクリスタは本当に美しい笑みで見上げ、そして言い放った。

「私たちの……結婚式です！」

「……えっ!?」

　驚いたゲープハルトは、自分はもしや本当に記憶を失くしているのだろうかと不安に陥った。

　これは少々、手に負えない事態になってきた。逃げ道を求めて周囲をそっと見渡すと、自分たちが注目されていることに気づく。

しまった、と思ってももう遅かった。

大広間の隅での会話とはいえ、皆がクリスタの動向を気にしていたし、クリスタは声の大きさを落とすこともしていない。この状況を、この場にいるすべての人が理解しているだろう。

しかしクリスタだけが、どんな状況であるかを少しも理解していないようだった。

ゲープハルトは背中に冷たいものが流れるのを感じた。

貴族の令嬢としてははしたないと思われるような勢いでゲープハルトに近寄り、うっとりとした目で見上げてくる様は、まさに大恋愛真っ最中の恋人同士そのものだ。

ここはきっぱりと断り、突き放さなくては自分が困ったことになる。ゲープハルトは本気で逃げ道を探したが、同僚の近衛隊や国王までも、事態を察してこっそりと肩を震わせている。

笑っているのだ。

そのお陰で、ゲープハルトは冷静さを取り戻し、これまで言い寄って来た令嬢たちのときと同じように、毅然とした態度でクリスタに向かった。

「クリスタ様。申し訳ございませんが、我々はまだ知り合ったばかり。そのような話は勢いだけで進めるものではありませんし、少々落ち着かれてはいかがでしょう。もしやご気

分が悪いのではありませんか？」

にこりと相手を魅了する笑顔は、ツァイラー家の特技だと言われるほど女性には効果がある。この笑みに、意気込む女性は陶酔（とうすい）してしまうことが多いので、今回もその隙に逃げ出したかった。

クリスタもゲープハルトの笑顔に、今気づいたように目を瞬かせた。

「……そう、そうです、わね……」

「ええ、そうです」

何の納得かはわからなかったが、これでクリスタが引いてくれるのならばと、とりあえず同意した。

けれどクリスタは、意を決したようにもう一度ゲープハルトを見上げ、にっこりと笑った。

「まだ知り合ったばかりですものね！　確かにもっとよく理解しあわなくてはなりませんわゲープハルト様！　これからよろしくお願いします！」

「………」

通じていなかった。

がっくりと心が折れかけたゲープハルトだが、その場を救ったのはクリスタの家族だった。

クリスタの父であるヴェーデル侯爵は顔を青くしながら近づいたかと思うと、早口にゲープハルトへの謝罪を捲し立てた。

あまり人前に出たことがなかったので、とか、少々思い込みが激しくて、などと言っていたが、とりあえず彼らは彼らでこの場を騒がせるクリスタを回収したかったのだろう。

もちろん、ゲープハルトに異議はない。

曖昧で適当な挨拶のあと、半ば引きずられるようにして、人ごみへと消えていくクリスタを見て、ゲープハルトはほっと息を吐いた。

そして持ち場に戻り、必死に笑いを堪えている同僚や国王を冷ややかに睨みつける。

お淑やかな外見に反してあんな中身だったと誰も知らなかったとはいえ、あの状況に陥らせた、つまり休憩などを与えた国王に一番恨みが募る。

あとで何かしら仕返しをしてやる、と心に決め、同時にゲープハルトはもうクリスタには関わらないようにしようと心に誓った。

そしてこの夜の出来事は、数刻あれば噂が広がると言われる社交界ではすぐに知れわたることだろうと深くため息を吐きたくなった。

けれど、あの夜の出来事をひたすら好意的に受け止めたらしいクリスタの勢いは、留まることはなかった。

「ゲープハルト様！」

「………」

アルヴァーン国の宮殿は広い。

最奥には王族の住まいである奥宮、後宮が広がり、表門へと向かえば国を動かす政務官が大勢働く公宮がある。客人を迎える離宮が点在するほどの広い庭と、貴族たちの集う庭園。そして近衛隊に所属する独身者が多く住まう宿舎に、訓練場に充分な敷地も取ってある。すべてを見て回ろうとすれば、一日使ってもまだ足りないかもしれない。

国の要であり、王都の顔でもあるため人の出入りも多い。

もちろん宮殿の表門を通過できるのは貴族か、出入りを許可された身元のはっきりした者に限られている。一般の者が簡単に出入りできる場所ではない。

それでも政務官や貴族たちが出入りする公宮の表門に近い場所は、やはり人が集まりやすかった。

ゲープハルトは昨夜の衝撃を一晩で忘れることにして、落ち着きを取り戻し、仕事へ向かう途中だった。

護衛騎士の隊服を纏っていると仕事に向かう足取りも速まる。できるだけ人目につかないよう気配を消して歩く習慣も身についている。

この人ごみに紛れてしまえば、誰かに声をかけられることはほとんどなかった。

「ゲープハルト様！」

それだからこそ、どこまでも響くような高い声で名前を呼ばれたことに驚き、思わず足を止めてしまった。

耳に届いた声に、まさか、と思いつつ、空耳だったのかもしれない、と楽観的な思考に逃げたのは、ゲープハルトにしては珍しいことだった。

本能が察知して、すでに逃避を始めていたのかもしれない。

けれど逃げたいのなら、足を止めるべきではなかった。

「おはようございます！　ゲープハルト様！」

「……クリスタ様」

見間違いであってほしいと願ったが、ゲープハルトの目の前に足早に近づいてきたのは紛れもなく、昨夜の王太子の誕生会で出会ったクリスタその人だった。

そして、クリスタは、今日も美しかった。

早朝の時間に相応（ふさわ）しく落ち着いた装いで、薄いグレーのドレスは上品なレースの縁取りがあるだけで豪奢（ごうしゃ）なものでもない。どちらかと言えば、侯爵家の令嬢の服装としては地味なものだった。それでも仕立てが良いものとわかるのはさすがなのだろうか。

しかし、そんな地味に見せる服装の努力など、クリスタという女性には無意味なものだった。

クリスタは、昨夜と同様に生気に溢れる美しい存在だった。

離れた場所からゲープハルトを見つけ、慌てて走ってきたのか、その頰が紅潮している。笑顔が弾けんばかりの様子は、まさに恋をしている女性特有のもので、すれ違う人の視線を振り返らせてまで奪うほどに輝いている。

綺麗だ。

ゲープハルトも素直にそう思うほど、クリスタという女性は社交界の華と呼ばれるに相応しい。

ただ、その愛らしい口を開かなければ、とゲープハルトは思った。

「まさかこんなところでお会いできるなんて！　やはり私たちは運命の糸で結ばれているのですね！　これは恋の女神のお導きに違いありません」

「……ええと」

「ゲープハルト様、式場はどちらになさいます？　私としては、ぜひ我が領地で盛大に三日三晩の時間をかけて行いたいと思っていますが……あ！　でも王都の大聖堂で国中の人に祝福を受けることもやぶさかではございません！」

「……クリスタ様」

「大丈夫です！　きっと父がすぐに、婚礼を整えてくださいます！　ゲープハルト様のためですもの、私だって……」

「クリスタ様！」

ゲープハルトは少々荒っぽいと自分でも思いながら、とめどなく流れる相手の言葉を遮るために声を大きくした。

その甲斐あってか、クリスタの言葉は止まり、美しい茶色の目がきょとん、と瞬いた。黙ってくれたことに安堵しながらも、この状況にはまったく安心できないとゲープハルトは焦りを感じる。

貴族たちの多いこの場所で、ただでさえ人目を引く上に、声量を控えないクリスタ。

今朝起きた瞬間に、夢であってほしいとゲープハルトは願い、ため息を吐きながらも、二度と会うことがなければ、そんな噂も忘れられるだろうとも思っていた。

けれどそんな楽観的な希望は、この時点で塵と消えた。

夢ではない。

今まで顔も見せなかったヴェーデル侯爵家の、予想以上に美しいご令嬢の、貴族としてあるまじき、はしたないともとれるような明け透けな言動。

そしてその執着を向けられた、ゲープハルト。

再び注目を浴びてしまった現実に、ゲープハルトはいっそこのまま背を向けて逃げ出したい、全速力で、とまで考えた。

しかし女性には紳士であるべき、と躾けられたことが足止めをしている。

そんな家訓は放棄してやりたい、と思いながらも、どうにか堪えた。こんな朝っぱらから昨夜と変わらぬ意気込みを見せるクリスタに、どう言って帰ってもらおうか、とため息を隠した次の瞬間、彼女への気遣いはまた塵と消えた。

「……まぁ、ゲープハルト様。クリスタ、とお呼びくださいと申し上げましたのに」

恥じらうように頬を染め、それでも嬉しさを隠しきれないといった様子のクリスタは、その細い指先でゲープハルトの隊服に縫い留められた近衛隊の刺繍をそっと突いた。

「……恥ずかしがらなくても、よろしいんですよ？」

よし、放棄しよう。

ゲープハルトは、紳士的な態度など捨ててしまったほうが勝ちだと判断した。

「申し訳ありませんが、仕事に向かいますので」

「ゲープハルト様？」

「失礼いたします」

「あっ、ゲープハルト様!?　どちらに？　まだふたりで決めることがたくさん……」

それ以上の言葉はもう聞こえないようにして、ゲープハルトはさっと身をひるがえし彼女が追って来られない宮殿の奥へと足を速めた。

宮殿では決して走るべきではない、慌てることも恥ずかしいことである。近衛隊は常に冷静でいなければならない。そう教えられている通り、走ることはしなかったが、普通の者が走るよりも速く、ゲープハルトは歩いた。

そして大勢の貴族たちの目がなくなる場所までたどり着いてから足を止め、まるで息を止めていたかのように大きく息を吐き出して深呼吸を繰り返した。

あれはなんだ。

あれはいったいどういう生き物だ？

理想の妻像に近いなどと一瞬でも考えた自分が愚かで情けない。

あれは決して、自分とは交わらないものだ。

近づいてはならない。近づけてもならない。

ゲープハルトは改めて決意すると、思った以上に鼓動が速くなっていることに気づいた。

そして戦慄する。

常に冷静さを忘れずにいることは、近衛隊であるより前にツァイラー家の家訓でもあった。

それを忘れたことなど一度もない。

それなのに、今ゲープハルトはとても冷静だとは言えなかった。

頭を何度か振って、呼吸を整え、ゆっくりと自分を取り戻す。

彼女にはもう二度と近づかないことにしよう。

冷静になったところで仕事場である国王の執務室へと向かった。

そこへ着くまでには、あれは本当に外見を裏切っている残念な女性だな、と感想が浮かぶまでに落ち着いていたのだが、同僚や仕えるべき国王と顔を合わせた瞬間に噴き出され、おそらく今朝の騒動についてもすでに知られていることに、立場も忘れて憮然(ぶぜん)となった。

しかしついさっきのことであるのに、もう彼らが知っているとは。やはり社交界の情報網はとんでもないな、とゲープハルトはうんざりしたのだった。


案の定、深窓の令嬢ヴェーデル侯爵家のクリスタが、どうやらツァイラー子爵家のゲープハルトに夢中である、という噂は瞬く間に社交界に広まっていた。

子爵家を継がないまでも、国王の護衛騎士として名を馳せているゲープハルトは貴族社会において有望な結婚相手だ。三十二歳でありながらも、未だ相手を選べるほどの人気ぶりだった。しかしながら、これまで誰かと噂になったことはなく清廉(せいれん)で、誰に対しても紳士的な態度を崩さない。

いったい誰が彼を射止めるのか、という好奇心にも近い評判が立つゲープハルトだったが、まさかこれまでほとんど社交界に出たことのなかった令嬢が名乗り出ようとは、いったい誰が予想できただろう。

しかもそれが高位貴族であるヴェーデル侯爵家の令嬢ともなれば、他の令嬢たちが刃向かえる存在ではない。

地位に加えて、誰もが目を奪われるほどの美しさを持つクリスタだ。

一見すれば、誰もがゲープハルトを羨(うらや)むだろう。相続権のない子爵家の次男で、近衛隊の騎士には過ぎた相手と言えるほどだった。

けれどそれを純粋に羨む者はもはやいなかった。

それが、クリスタという女性だ。

今まで顔も見せなかったというのに、現れればその美しさで注目を集めた侯爵令嬢は、少々行き遅れの歳でありながら、言動が不思議な女性だった。

不思議な、とはかなり控えめな表現である。今や誰もがクリスタのことを、常識を知らないはしたない女性、と思っていることだろう。

それを公に口にしないのは、クリスタがヴェーデル侯爵令嬢だからだ。

ただ年配の人々にとっては、彼女の行き過ぎた言動も、若さと愛情ゆえの微笑ましいものに見えるらしい。

しかしゲープハルトにしてみれば、その見解は耳を疑うものだった。

いったいあの猪突猛進(ちょとつもうしん)という言葉がぴったりな彼女の、どこを見れば微笑ましいなどという感想が出てくるのか。彼女の本性を知らず、侯爵令嬢から想いを寄せられて羨ましい、などと言う輩(やから)にも、全力で代わってやる、と叫びたいほどだった。

ゲープハルトはあの朝の騒動から、常に監視されているのでは、と思うほどクリスタに絡まれ続けている。

どうにか立場を守って逃げ続けているものの、仕事よりも疲れる。精神的な疲労というものを初めて感じた。

どうして自分がこんな目に、と思いながらも、はっきりと拒絶しきれないのは、何度も相手をするうちにクリスタという女性が見えてきたからかもしれない。

初対面では常識を知らない相手だと思ったが、クリスタがちゃんと相手を見ていることに気づいたのだ。

彼女はゲープハルトの勤務中には、決して声をかけてこない。これまでには、若さという勢いで控えめながらも声をかけてくる女性もいたから、不思議なものだった。

他の者と話している様子を見ても一方的に話すなどということはなく、上品に微笑み相槌を打っていて、さすが侯爵令嬢だ、と思わせる姿だった。

けれど、それはゲープハルトの勤務中に限られるし、話しかけてこないからいいという訳でもない。

ゲープハルトは基本的に国王の傍にいるため、国王の執務中は彼の執務室である銀の間に、宮殿を見回るときはその周辺にいる。

銀の間には限られた政務官や貴族しか入れないのでクリスタを見ることはないが、それ以外の場所には高位貴族である彼女は出入り自由なのか、どこでも視線を感じた。

殺気に近い気配を受け取り、振り返れば物陰からそっと見つめるクリスタがいる。

「…………」

見つけても、勤務中に声をかけられるはずがない。

そもそも、見なかったことにしたい。

同僚はそれに気づくといわくありげな、面白がるような視線を向けてくるが、ゲープハルトは無視を決め込んだ。

だが、ゲープハルトが休憩に入ると、どこから嗅ぎつけたのかクリスタが駆け寄ってくる。

「ゲープハルト様！　お疲れ様です！」

「……っ」

護衛騎士の休憩場所はたくさんあるわけではない。

何かあったときのために、国王か護衛対象の近くにいるからだ。

宮殿から庭に出たところ、建物の陰になっているその場所は人の気配もなく、同僚たちもよく休憩する場所だった。

そこに現れたクリスタに驚くのは当然だ。

「ク……クリスタ様、どうしてここへ」

「ご休憩でしょう？　ゲープハルト様がゆっくり休めますように、私、いろいろ用意してきました」

質問の答えにはなっていないが、クリスタは気にしないようだ。

手に持っている編み籠から筒を取り出した。それに飲み物が入っているのだろう。

「どうぞゲープハルト様！　滋養強壮にいいんですよ！」

「…………」

差し出されたのでとりあえず受け取ったものの、ゲープハルトはそれを飲みたいとは思わなかった。

何故かひんやりとした手触りの筒から、不穏な臭いが漂ってきたからだ。

いったい何が入っているのだろう、と困惑するゲープハルトに構わず、クリスタは次のものを出してくる。

「それから、お腹がお空きなのでは？　私、特製の焼き菓子を作ってみました！」

「…………」

それは、確かに焼き菓子なのだろう。

焦げて真っ黒になっているが、焼いたものであることは確かだ。

顔はかろうじて笑みを保っていたが、これまで例をみないクリスタの言動に、女性のあしらいに慣れているはずのゲープハルトも、いったいどうすればいいのか、途方に暮れた。

しかしクリスタはそんなゲープハルトを気にもせず、にこやかな笑顔で見上げている。

そしてふと、何かに気づいたように、編み籠に入っていたハンカチを取り出してゲープハルトに手を伸ばした。

ぎょっとしたものの、その手は優しく、ゲープハルトの額に触れただけだった。

「汗が……大丈夫ですか？　ゲープハルト様？」

こちらを気遣う顔は、男なら誰でも惹かれてしまうだろう優しい女性そのものだった。

「あ……いや、その……私は」

ゲープハルトは両手に怪しげな飲み物の筒と、編み籠を持たされたまま戸惑った。

本心は、これをそのまま返してやりたいのだが、それをするには躊躇われる表情だったからだ。

けれどクリスタは、そんなゲープハルトの気持ちなどすぐに打ち砕いてしまう女性らしい。

ゲープハルトの額を拭いたハンカチを手に握り締め、頬を染めながら笑った。

「ふふふ、ゲープハルト様の体液が……」

「――――ッ!?」

しまった、と思っても後の祭りだった。

「休憩中にあまりお時間をとっては申し訳ないですわね。では私はこれで！　ゲープハルト様、また明日！」

「あ、ちょ……っ！」

待て、それを返せ！　と言う間もなく、本当に貴族の令嬢なのだろうかと疑ってしまうほどの素早さで、クリスタは身をひるがえし走り去った。その手にしっかりと、ゲープハルトの汗を拭ったハンカチを持って。

何か男として大事なものを奪われた気になったゲープハルトに残されたのは、まったく飲む気の起こらない怪しい飲み物と、噛むことができそうにない黒焦げの焼き菓子だった。

もちろん、ゲープハルトは彼女の差し入れを口にしなかった。

次に会ったときに感想を求められたらどうしようと思ったが、クリスタはそんなことを気にするような女性ではなかった。

翌日。「また明日！」と去って行ったクリスタの言葉通り、国王に近侍して近衛隊の訓練に参加しているとき、彼女は現れた。

貴族の令嬢が出向くところではないのだが、邪魔にならないように控えられていてはゲープハルトもどうにもできない。

しかし、ゲープハルトが剣の稽古を始めると、まさに黄色い声で声援を送るクリスタに脱力しそうになった。護衛任務でなく訓練だから構わない、と判断したのかもしれない。

周囲の人間は必死に笑いを堪えているけれど、クリスタは気づいていないらしい。「がんばって！　あーだめ！　ゲープハルト様になんてことをするの！　そこよ！　えいっと一息に！」など一方的な実況を交えた声援は、さすがに見過ごすわけにはいかなかった。

訓練を一度止めて、クリスタのもとに早足で近づき、女性に対する気遣いなどなくした表情で低い声を放つ。

「訓練の邪魔になる。他の者にも迷惑がかかっているのがわからないのか？　いくら侯爵家の令嬢でも……」

「…………」

話の途中で、クリスタの表情が何かおかしいことに気づき、ゲープハルトは声を止めた。いったいどうした、と思うほど固まったまま動かないクリスタに、さすがにきつく言い過ぎたか、と思ったのも束の間、すぐにそんな気持ちは吹き飛んだ。

「……素敵」

「は？」

「冷たい視線も……ふふふ、これが私たちの初めての喧嘩かしら……夫婦喧嘩の練習？あら、はしたない。ゲープハルト様ったら人前でこんなこと……」

嬉しそうに恥じらう仕草は、どこか芝居がかっても見えた。

しかしそれよりも、逃げられない何かに追われるという初めての恐怖を感じたゲープハルトは、その細い指先に触れられる前に後ずさり、自分と彼女の世界が違うことをはっきりと示した。

駄目だ。

近づけば、何かを言えば、彼女の思うつぼだ。

ゲープハルトはこれほどまでに無力さを感じたことはなかった。

ここではっきりとさせておかなくては、呑み込まれて逃げ出せなくなるだろう。

ゲープハルトはそう思い、顎(あご)を強張(こわば)らせたまま真剣にクリスタを見つめた。

「……クリスタ様」

「ゲープハルト様」

真面目なゲープハルトに対し、クリスタはにこりと笑った。

とても健康的で、生き生きとした表情のクリスタは、本当ならゲープハルトの好みそのものだった。

その笑みは、中身を知らないままなら全力で望んだものだろう。

だがもう我慢もできない。けれど、先に言葉を発したのはクリスタの方だった。

「あら、もうご休憩は終わりでしょうか？　みな様がお集まりになってますわ。そうね、ゲープハルト様はお忙しいから……あまり邪魔をして嫌われては悲しいですものね。今日のところはお暇(いとま)します」

「……は」

「本当はもっとずっと永遠に見つめていたいのですけれど……でもまだ、ううん、この焦(じ)らされる胸の苦しさも、恋の試練ですもの……私、我慢いたします、ゲープハルト様」

「……な」

「できるなら、今夜、夢でお会いしましょう。では」

「…………」

すがすがしいまでに美しい退場だった。

自分が拒絶するはずだったのに、どうしてこうなった。ゲープハルトは熱苦しい想いに満ちた言葉に圧倒され、また今日も途方に暮れる。

力の限り訓練をしたあとでも、護衛の仕事に就けるほどの体力を持っていたゲープハルトだが、すでに敵前で一歩も踏み込めないほど、気力を使い果たし疲れを感じていた。

その疲労に、ぞっとする。

クリスタに出会ってからというもの、彼女との会話に驚き、狼狽(ろうばい)している。どんな女性の攻勢も笑顔で切り抜けてきたゲープハルトの自信は崩れ落ちるようだった。

二章

「……ふう」

クリスタは王都の屋敷に戻り、自分の部屋に入るなり深く息を吐いた。

今日もまずまずだったわ。

自分の言動を思い出し、人知れずにやりと笑う。

王都に来る前日、寝不足になってでも一晩かけて練り上げた計画が順調なことに、喜びよりも興奮を覚えていた。

この計画を決行するにあたって一番大事なことは、相手を誰にするか、ということだった。

王都で名が知られていて、見目麗(うるわ)しく、なお周囲から注目を集めるような男性がいい。

この歳まで社交界や貴族、男性に一切興味のなかったクリスタには、候補の予備知識もなかったため、そんな相手がいるかどうかが不安だった。

けれど王都に着いてすぐに出席した王太子の誕生会という名の社交の場は、相手を探すのにちょうどよかった。

いや、結婚を急かす父からしてもひとりひとりと引き合わせる見合いという形よりも都合のよい場所だったから、あらかじめ狙っていたのかもしれない。

クリスタにもそれは都合がよく、上機嫌で社交界に向かったせいで、両親と成人したばかりの弟からも怪しまれたけれど、相手を選べと言ったのは彼らのほうだからクリスタは気にしなかった。

そして当然のように何人かの男性に引き合わされたクリスタは、自分が注目されていることにも気づいた。

自分でもその状況を自覚していたが、それもそうだと納得もしていた。

高位貴族であるヴェーデル侯爵家の娘でありながら、過去にたった一度きり、デビューのお披露目をしただけで、以来一度も公の場に出なかった。そんな二十二歳の引き籠もりの女が顔を見せたのだ。

まだ幼さを残していたデビューのあの日は、人の目を気にして頑張(がんば)っていたけれど、結婚などしたくないと思っている今、他人からの評価をまったく気にしないでいられる強さをクリスタは手に入れていた。領地に引き籠もり社交をしない娘の悪評は想像に難くない。

けれどこの日、クリスタは着飾っていた。

母のフィリーネが全力で調えたドレスと、流行りの髪形。子どもの頃から外に出ても絶対に日に焼けてはならないという母との約束を守っていたお陰で白さを保っている肌。

そして顔立ちの整った両親のお陰で、クリスタは行き遅れの二十二歳という歳になってもまだ若々しさを武器にできるほどだった。

社交の場に慣れていなくても、この歳になればそれなりに会話することはできるし、印象よく相槌も打てる。

想像通り、社交界の男性たちは皆、クリスタの家名か外見しか見ていない。頭を働かせる会話など誰ともする必要はなかった。

何人か顔立ちの整った貴族の令息を紹介されたものの、クリスタの計画を遂行する相手には物足りない。まさか王都でこれほどの貴族が集まりながらも、こんな人たちしかいないのか、と不安を覚えたとき、クリスタは見つけた。

それは王太子への生誕の祝辞を終え、国王夫妻に挨拶をしたときだった。

その背後に、まるで影のように控えているのは王族の護衛騎士だ。凛々しく制服を着こなす姿に、ただ立っているだけでも鍛えられていることがわかる体軀。そして何より、何の感情も持っていないような表情でありながら、この場にいる女性たちの視線すべてを集めてしまえるだろう精悍な顔立ち。

これだ、とクリスタは胸を高鳴らせた。

こんなに美しい人がいるとは想像もしていなかった。彼以上に相応しい人などいない。

クリスタはその姿に視線を奪われ、計画のために、という本来の目的すら忘れてしまったかのような動悸を必死で抑えていた。

この人なら、私を振るに相応しい。

クリスタは飽きるほどに彼を見つめ、冷静になろうとしたけれど、一向に落ち着かないことに少々慌てた。

ようやく計画を実行できるから、興奮しているのかしら。

クリスタの視線に気づいた周囲、特に面白がっていた国王その人が、クリスタが動くより先に良いように事を進めてくれた。それに乗らない手はない。

そしてクリスタは、計画を開始した。

その相手、ツァイラー子爵家の次男であるゲープハルトという人は、女性にとても優しい人のようだ。最初はにこやかにクリスタに挨拶をしてくれた。けれど、勢いに乗ったクリスタに戸惑い、動揺したことに気づかないはずがなかった。

やった！

滑り出しは順調だった。

クリスタの常軌を逸した、高位貴族としてあるまじき態度を、父が慌てて迎えに来ることも計画のうちだ。

帰りの馬車の中でお小言を言われても、恋に落ちたクリスタの耳には届かないということにして無視を貫いた。

クリスタは、恋に落ちた。

そして、美しいゲープハルト・ツァイラーに振られる運命なのだ。

いくら名の知れたヴェーデル侯爵家でも、常識を持たない娘では結婚相手には相応しくないだろう。

そして恋に破れたクリスタは、傷心のまま領地へ帰り、次の恋に進むこともできないと一生引き籠もって暮らす――とても完璧な計画だった。

クリスタはそのためなら、苦手な人ごみの中にだって突進できた。

早朝から宮殿の入口を見張り、ゲープハルトを見つけるなり場所も考えず声を上げて縋（すが）った。

本当に馬鹿（ばか）な女。

自分でそう思いながら、必死でゲープハルトの視界に入り続けた。

独りで生きると決めてから頑張って覚えていた料理だって失敗してみせた。身体に良い薬草や野菜を集めて、ひどい飲み物だって作った。

そして恋に落ちて、他に何も見えないふりをし続けて、日を追うごとに歪んだ表情を我慢できなくなっていくゲープハルトに嬉しくなった。

　このままいけば、私は数日のうちに振られてしまうだろう。

　この素晴らしい計画が達成されることに興奮し、満足していたけれど、クリスタはその終わりに気づいて深く息を吐いた。

「……でも、もうあの姿を、見ることは叶わないのね……」

　クリスタの視線をひと目で奪った、美しいゲープハルト。

　ツァイラー子爵家は武人の一家であり、武芸を以て王族と国に仕える伝統ある家だ。その名を知らない者はいないし、これまでの功績から考えても爵位が低いのは、ツァイラー家が叙爵（じょしゃく）を受けないからだ。

　このことも知れわたっているから、子爵家といってもツァイラー家の身分は低くはない。真面目であり、勤勉であり、清廉なツァイラー家の次男。それだけでも充分だけれど、あの美しい姿に目を奪われない女はいないだろう。

　クリスタも女の端くれではあるから、できることならあの姿を見続けていたい。けれどそれが叶わないと知っているからこそ、今から残念な気持ちになるのだった。

　その日の家族との晩餐（ばんさん）で、クリスタは次の段階へ進むときが来たのを知った。

「クリスタ、明後日、ツァイラー家の昼食会に招かれた。準備をしておくように」

「……はい、お父様」

やった、と高鳴る胸を抑えつけ、できるだけ慎ましやかに喜びを表すように、小さく了承した。クリスタは、これまでの努力が実ったことが嬉しくて堪らなかった。

常軌を逸した女が、しかも高位貴族の令嬢が、子爵家の子息に場所も礼儀もわきまえず夢中になっているのだ。社交界でこれほど興味を引く話題もないだろうし、人々の失笑を買っていることも知っている。

それを抑えるには、問題の当人をどうにかするしかないだろう。

つまり、クリスタの想いを叶えさせるか、諦めさせるか、どちらかだ。

ヴェーデル侯爵家からの正式な挨拶はないとしても、ツァイラー子爵家としても放置できる問題ではない。クリスタの父も、そろそろ落ち着かせなければならないと思っている頃合いのはずだ。

そこで、両家を交えての話し合いの場として、この昼食会が決まったのだろう。晩餐会でないのは、あまりに格式ばった場では両家にとっても逃げ場がなくなると判断したために違いない。

そこでクリスタがツァイラー家の人々に同じ勢いで猛進し、これは結婚相手には相応しくない、と思われることが計画の第二段階となる。そしてクリスタは、泣く泣くゲープハルトと引き離される最終段階へと進める。

それが楽しみでならない、と心躍らせるクリスタは、その表情を家族に呆れ半分に見つめられていることに遅れて気づいた。

「……どうなさったの？」

「……どうもこうもない。お前もわかっているはずだ、クリスタ」

「クリスタ、誰かに想いを寄せるのは悪いことではないわ。でも、ヴェーデル家の娘としての振る舞いは、ちゃんと教えてきたはずよね？」

これまでのクリスタの行動を諭す両親に対し、クリスタは決めていた答えを口にする。

「まぁ、お父様もお母様も何をおっしゃるの？　結婚相手を見つけるようにと言ったのは、お父様じゃないの」

「それは、そうだが、しかし」

「私はその言いつけ通り、お相手を見つけただけよ。それにお母様、わかっていらっしゃる？　相手はあのゲープハルト様なのよ」

「それは、ええ、充分わかっていますとも」

「それなら私が怒られるなんておかしいでしょう。あのゲープハルト様なのよ？　もたもたしていたらすぐに他の誰かに取られてしまうわ。私、結婚するなら彼がいいの。彼でなきゃ嫌よ。だから頑張っているんじゃないの。どうしてふたりともそんな顔をするの？」

にこりと笑い、両親の困惑とも取れる複雑な表情の意味に気づきながらも突っぱねた。

「まさかお父様、ツァイラー家が子爵家だから駄目だなんておっしゃらないわよね？」

「そんなことは考えたこともない。ツァイラー家はこの国を支える大事な家のひとつだ」

「お母様、陛下の護衛騎士のゲープハルト様では不充分だなんて思っていらっしゃらないでしょう？」

「もちろんよ、ツァイラー家の方々はどなたも素晴らしい方ばかりだもの」

「なら、私の気持ちに反対するつもりはないのよね？」

「………」

反対はしないが、そのやり方に問題がある、と言いたげな表情をするが、何も言わない両親にクリスタは満足した。

二十二歳になるまで異性にまったく興味を示さなかった娘が、初めて恋に落ちたのだ。親としては喜び応援するべきであり、気持ちを抑えさせるところではない。両親の気持ちがわかるからこそ、クリスタはこの計画を立て、そして実行しているのだ。

ふたりの表情に満足し、クリスタが笑みを深くしたところで、それまで黙って見守っていた弟のヴィンフリートが口を開く。

「姉上。僕は反対はしませんが……姉上が悲しむことにならないかが心配です」

「……どういう意味かしら、ヴィンフリート？」

「どうもこうも……僕は姉上が後悔しないように、姉上の幸せを願っているだけです」

「まぁ、幸せに決まっているじゃないの」

笑顔で答えたものの、クリスタは胸の奥が、滴を落とされたようにひやりと冷たくなったのを感じた。

四つ年下のヴィンフリートは、父に似て洞察力が鋭く、子どもの頃はよく一緒にいたため姉の性格もよく知っている。

だからこそ、一番騙すのが難しい相手だとわかっているが、クリスタはこの計画を止めるつもりはない。胸の奥に感じた痛みにも似たものを気のせいだと思い込み、笑顔のまま弟を見つめた。

それを受けて、ヴィンフリートは諦めたように視線を外す。

「……それなら、いいのですが」

いいに決まっている。

この計画を進めることが、クリスタの幸せに繋がっている。

この幸せを邪魔することなど誰にもできないはずだ。

*

ゲープハルトは不機嫌な態度を隠せないでいた。

周りが気の置けない同僚ばかりということもあって、隠すつもりもなかった。

彼らは、ゲープハルトが困っていることが面白くて堪らないらしい。他の誰かが同じ状況に陥ったのなら、ゲープハルトも一緒に笑ってからかうだろう。

それでも、当事者になればそれがどれほど腹の立つことか。さらに機嫌が悪くなる。

「ゲープハルト、今日は姫のお渡りはないのか？」

「あ、先ほど姫を宮殿の表門で見かけたぞ。ご挨拶は済んだのか？」

にやにやと笑っている彼らの言う「姫」とは、ヴェーデル侯爵家の令嬢であるクリスタだ。

状況を考えず、常識もわきまえず、ただひたすら自分の興味のあるものに向かって突き進む。それに巻き込まれる周囲はたまったものではないが、その行動はまるで下々の気持ちを知らない姫君そのものだ。誰が考えたのか、それがクリスタにつけられたあだ名になっていた。

それは瞬く間に近衛隊の間に広まり、今では誰も彼もが「姫」を持ち出し、からかうように声をかけてくる。

普段隙を見せないゲープハルトだからこそ、今の状況を尚更面白がっているのかもしれない。それも不愉快だった。

尊敬する兄エックハルトのように、沈着冷静でいることを心がけているというのに、最近ではそんなものはどこかに捨ててしまっていた。

姫だと？　本物の姫君のほうが、よほど分をわきまえているじゃないか。

現在、王族の姫と呼ばれているのは国王の娘ひとりだけだ。まだ幼い姫は、少々お転婆なところがあるものの、微笑ましく受け入れられている。

それに比べて、とゲープハルトは表情を歪めた。

同僚たちのからかいも腹の立つことだが、とうとう昨夜、ツァイラー家の家長である兄から通達があった。

曰く、次のゲープハルトの休みに合わせて、昼食会を開くことにした、と。

わざわざゲープハルトの勤務に合わせてくれたのは助かるところだが、その内容はとても受け入れられるものではない。何しろ、ヴェーデル侯爵家の方々を招いている、と付け加えられたのだから。

それはまさに、ゲープハルトの恐れていた事態だった。

男性に想いを寄せている令嬢がいるのなら、その家族を交えて関係を進めるように段取りすることは貴族社会ではよくあることだ。

これが普通の恋愛関係にあるふたりなら、ゲープハルトにとってもありがたいものだっただろうが、相手はあのクリスタだ。

このままでは、外堀が埋められてしまう。

厳しく、清廉であると評判の兄も、家族には甘い。そして女性にも甘い。その兄が両家を引き合わせるとなれば、話は進むばかりだろう。

今はクリスタがただ押しかけてくるだけの状況だが、家同士が納得し受け入れてしまえば、話はまとまる。

ゲープハルトとクリスタの家族ぐるみの関係は周知のこととなり、クリスタはゲープハルトの婚約者という立場になる。そうなったら今より一層勢いに拍車がかかり、誰も手に負えない事態になるのは目に見えている。

そんなことは受け入れられないゲープハルトは、一応手紙で兄や家族に結婚の意志はないと伝えたものの、貴族の結婚は家長か、家族が決めるのが一般的だ。

それに、ヴェーデル侯爵家を断る家など広い貴族社会を見渡しても存在しないだろう。ヴェーデル家の娘を娶るのだから、その支度金もツァイラー家からすれば莫大なもののはずだ。

けれど、金をやるから娘を受け入れろと言われても、ゲープハルトにも選ぶ権利があるはずだ。地位を笠に着る相手ならばそんな権利はないも同然だが、人徳のあるヴェーデル侯爵はそんな人ではないと思っている。

いや、思いたいという願望のほうが強いのかもしれない。

昨日から宮殿へ泊まり込みの勤務だったため、宿舎の自分の部屋にも帰っていない。それはつまり、護衛対象と同僚たち以外とは会わないで済むということだ。宮殿の表門に近づかないだけでも、クリスタと接触する機会が減ると思えば、毎日徹夜をしても構わないとまで考えていた。

ゲープハルトはできもしない希望の勤務を思い浮かべたところで、思考が危うくなってきたことを自覚して、控室から抜け出すことにした。背中にはまだからかうような声が投げかけられていたが、全身で受け入れを拒否する。

建物から庭へ抜ける道は、奥宮にも公宮にも多くある。その中でも人目に付かない場所が近衛隊の休憩場所になるのだが、クリスタにはそのすべてを知られているようで、どこへ行っても彼女が現れる。いったいどうしてわかるんだと不思議に思いながらも、ゲープハルトはクリスタだけでなく近衛隊の同僚たちからも逃げられる場所を探した。

その結果、公宮から裏庭へと抜ける場所にある、大きな木の周りの茂みを見つけた。

やっと逃げ場所を見つけた、とほっと息を吐いたところで、人の声が聞こえてきて、大きな身体を茂みに潜ませて気配を消す。こんな場所にも人が、と息を殺して声が通り過ぎるのを待っていたが、その声の主に気づいてゲープハルトは全身を硬直させた。

「……だから、私にはもう好きな人が」

他の誰でもない。

ゲープハルトが情けなくもこんな場所で縮こまっている原因、クリスタだ。

いったいどうして、何故ここが、と驚いたものの、クリスタはひとりではなかった。

会話をする相手がいるから声が聞こえたのだ。

「そんなもの、迷惑がられているともっぱらの噂だぞ。それに、近衛隊の男なんてむさ苦しいだけに決まっているじゃないか」

「そんなことない！　ゲープハルト様はとても素敵な方よ！」

「確かにツァイラー家の者は顔がいいと噂だが、それだけだろう。小さい頃からお前を見てきた僕にしておいたほうが、お前だって安心じゃないか」

「安心？　まったくちっとも安心なんてできないわ。小さな頃からって、領地が隣だというだけで何度か会ったことがあるだけじゃない」

「それでも知らないよりはましだ。そもそも、お前が追いかけているだけで相手は逃げ回っているんだろ。つまり望みはないんだから、傷物と呼ばれる前に僕にしておけばいいんだ」

「……いや！」

どういう状況かわからないが、このふたりの会話が穏やかな方向へ向かっているのではないことはわかる。

「放して！」

確かに拒絶するクリスタの声を聞いた瞬間、何かを考えるよりも先に身体が動いていた。

「駄目だ。このままヴェーデル侯爵家へ行って、僕と結婚することを侯爵に伝えるんだ」

「いや！　絶対にいや！」

ゲープハルトは我慢などできず、ふたりの前に姿を現し、声を上げる。

「その手を放せ」

突然現れた第三者の声に驚いたのはふたりともで、びっくりした顔をゲープハルトに向けた。クリスタの腕は知らない男の手に掴まれている。

そのことに、これまでで一番不快感を覚えたゲープハルトは本能のままに行動した。

「彼女に何をするつもりだ」

「……っ」

女性の力では振りほどけなかったその腕も、ゲープハルトの力に敵うはずがない。

ゲープハルトは一挙動でふたりを引き離し、さらにクリスタを守るように自分の腕の中に抱き込んだ。

息を呑むような音が腕の中から聞こえたけれど、ゲープハルトの視線は対峙する男に向けられている。睨みつけるようにして、相手をしっかりと確かめた。

華麗な礼服に身を包んだ青年は、ゲープハルトより年下だが、クリスタよりは年上だろう。黒い髪を伸ばし、後ろでひとつにまとめている姿は清潔感があり、容姿も悪くない。ゲープハルトに睨まれているせいか顔色は少し悪いが、女性なら声をかけられたらまんざらでもないだろう。

けれど、クリスタはこの男を嫌だと言った。

ゲープハルトにはそれだけで充分だった。記憶の中から名前を探し、口を開く。

「確か、バーター男爵家のローデリヒ殿、だったか？」

「……っ知って!?」

驚いたのは、言い当てられたローデリヒ・バーターだ。バーター男爵家の三男は、まだ結婚しないまま王都で暮らしているそうだが、あまり良い評判は聞かない。確かにヴェーデル侯爵家とは隣り合っている領地だが、その大きさには雲泥の差があり、ヴェーデル侯爵家の領地の広さを考えるとお互いの屋敷を行き来するには馬車でも数日かかるはずだ。

確かバーター男爵とその嫡男、次男は、堅実な性格で、人当たりも良かった。けれど三男は悪評通りかもしれないとゲープハルトは目をさらに鋭くさせた。

「仕事柄、すべての貴族と宮殿に出入りする者の顔は覚えている。それで、彼女に何をしていた？」

「それは……」

その彼女は、ゲープハルトの腕の中で大人しくしていた。

ローデリヒがその姿を面白くなさそうに睨んだあとで、気まずそうにゲープハルトを見て、躊躇いながらも口を開く。

「その、貴方が、彼女のせいで迷惑を被っていると聞いて……幼馴染として、僕はやめさせようと思っていたんです。ゲープハルト殿、貴方も、お嫌でしょう？　こんな領地に引き籠もってばかりいて、怪しい趣味に夢中になっているような女は……だから、僕が」

「……代わりに彼女と結婚すると？」

　ローデリヒの言葉尻を奪って口にすると、不可解な感情が身体の奥から湧き上がる。

　その気持ちのままに顔を歪めると、ローデリヒはどう受け取ったのか、言葉を続ける。

「そう、そうです。僕のほうが彼女を知っているし、何より場所も常識もわきまえない女です。僕はずっと思っていたんですよ。クリスタは社交界に出るべきではないんです。だから行き遅れてそんな歳になっているのだし、仕方がないから、僕が一緒になり、彼女を領地で見守ってやるつもりで……」

「見守る？　見張るの間違いじゃないのか」

　思いつくまましゃべっているのだろうローデリヒの戯言を、もう聞いていたいとは思わなかった。だから礼儀もなく途中で遮り、さらに鋭い視線をぶつける。

　ゲープハルトに睨まれれば、普通の相手は怯えを見せても不思議はなかった。

　ただ、普段のゲープハルトはこんなにも簡単に感情を露にし、相手を睨んだり怒気をぶつけたりしない。尊敬する兄を見習い、常に冷静に、礼節を忘れず、誰にでも温和に接してきた。感情を見せるのは、心を許している家族に対してくらいだろう。

　けれど今は、そんな気遣いのすべてを忘れた。

とりあえず、目の前の男を視界から消してしまいたい。

腕の中にいる細い身体が、胸にしがみつくように小さく震えているのをしっかりと感じ取ると、その気持ちがさらに強くなる。

「彼女は貴殿と結婚しない」

「な——……」

「何故なら、彼女が望んでいるのは貴殿ではないからだ」

「……そ、それは」

「理解していただけたのなら、お引き取り願おう。それとも、他人の逢瀬を邪魔するのが貴殿の趣味か？」

ゲープハルトの言葉と強い視線を受けてようやく理解したのか、ローデリヒは顔を真っ赤にして、肩をいからせ踵を返した。

その姿が完全に見えなくなり、気配すら感じ取れなくなったところで、ゲープハルトは意識のすべてを腕の中に向ける。

そして少し後悔した。

クリスタは、とても抱き心地がよかったからだ。

ちょうどゲープハルトの肩に背が届くほどの身体は、ゲープハルトの腕にぴったりだった。

少し細身ではあるが、骨ばっているわけでもない。ほどよい柔らかさは、少し力を入れても折れそうな気配はない。さすがに全力で締めつければわからないが、この柔らかさが心地よい。

さらにゲープハルトの胸に顔を埋めるようにしてしがみ付いているのは、彼の妄想でもないようだった。

しまった——勃った。

そんなつもりは一切なかった。

そんな感情も一切なかった。

けれど実際、現実に今、ゲープハルトの身体はクリスタの身体に正直に反応していた。

近衛隊の制服は少々特殊で、厚手の生地を使って仕立ててある。そのことに今ほど感謝したことはない。お陰で、ゲープハルトの身体の変化はわからないはずだ。

だが腕の中のクリスタは髪を結い上げているから、下を向けば白いうなじがよく見える。まるで吸い付いてくださいと言わんばかりの妖艶な白さに、ゲープハルトは息を呑んだ。

さすがにそこまでしてしまうのは駄目だろう、と崩れかけの理性で本能を押しとどめる。

いったいその状態でどれほどの時間が過ぎたのか、クリスタがゆっくりと身じろぎした。

この間、彼女がぴくりとも動かなかったことにゲープハルトは遅れて気づき、驚いた。

「……ゲープハルト様ったら……意外と強引ですね」

「――――！」

ふふふ、と漏れ聞こえてきたクリスタの笑い声に、ゲープハルトは完全に理性を取り戻し、勢いよくクリスタの身体を引き剥がす。

「あん」

剥がされたクリスタは拗ねたような顔をしているが、ゲープハルトの顔は青いはずだ。

自分はいったい、何をしていたのか。

改めて考えるとおかしくなっていたとしか思えない。

「ク、クリスタ様、その、これは――」

いったいなんだと言うのか。

そもそも、クリスタの存在が迷惑だったのだから、クリスタを望むローデリヒとの間に割り込むべきではなかった。しかし、嫌がるクリスタを放ってなどおけなかった。

他の男に触れられている彼女の姿を見るのも嫌だった。

「ゲープハルト様との逢瀬を邪魔されて……私もいやでした。でも、強引なゲープハルト様も……素敵です」

恥じらいながらゲープハルトをちらちらと盗み見るように、それでいて喜びを隠しきれず身じろぎするクリスタに、彼はローデリヒに向けた自分の言葉を思い出す。

確かに逢瀬と言ったが！

あれはあの場を収めるための方便で、と今さら口にしても遅いだろう。

けれど、肯定などもできるはずがないから言うしかない。

「いや、あれは彼を追い払う口実で——そもそも、クリスタ様が嫌がっていたから……」

「いやに決まっています！　だって私の旦那様はゲープハルト様ですもの！」

「まだ決まってない！」

瞬時に言い返すも、否定されたというのにクリスタは嬉しそうに笑った。

「ええ。まだ……確かに、まだ、ですけど、ご家族に紹介していただけるとのことですし……」

しまった、昼食会が！　とゲープハルトはその予定を思い出し、ますますクリスタを調子づかせてしまったかもしれないと背筋が冷える。

「紹介するという意味合いは！　その、そういう意味ではなく……そもそも、貴族の結婚というのは、本人たちが望むだけでは……」

「ええ、もちろんです。私、ゲープハルト様のご家族にも好かれるよう努力いたします。だってそれが嫁の役目……！」

両の指を絡め、どこかうっとりとした様子で話すクリスタはすでに違う世界にいるように見えた。

このまま彼女のペースに呑まれていては駄目だと、ゲープハルトは話を変えるべく必死に頭を働かせる。そしてふと、誰ひとり通りかかることのない、ひっそりとしたこの場所に、ふたりきりでいることに気づいた。

　そもそも、近衛隊でも限られた者しか知らないようなこんな場所にどうしてクリスタがいるのか。

「……クリスタ様、ここへは、どうして」

　にこりと笑ったクリスタに、聞くべきではなかったとすぐに後悔した。

「まぁ、近衛隊の皆さまのご休憩場所は、すべて存じ上げております。ヴェーデル家の情報網を駆使(くし)すれば簡単ですもの」

「…………」

　ゲープハルトは何も言い返せなかったが、心の中では、誰だこの場所まで漏らした奴は、と思いつく限りの同僚たちの顔を思い浮かべて罵(ののし)っていた。

　そして一歩足を引き、さらに離れる。

「それでは、私はこれから仕事ですので……」

　仕事を理由に、実際は逃げようとしたゲープハルトを、クリスタは不思議そうに見つめ、綺麗な顔をこてん、と傾げた。

「あら？　ゲープハルト様は確か本日夜勤明け……これからお休みでは？」

「…………」

　勤務表まで誰が漏らした！

　もしかすると、最近のゲープハルトの苦悩を面白がっている上司かもしれない。憎らしいまでに整った顔の国王を心の中で罵る。

　陛下へのお仕置きを王妃にお願いしなくては、とまで考えて、駄目だ彼にとってそれはご褒美でしかないと、さらに気持ちがささくれたものの、表情だけはどうにか取り繕う。

「いえ、それが仕事が入りましたので……急に。ええ」

「まぁ……お忙しいんですね。ゲープハルト様が優秀な方だとはわかっていますけれど、お身体を壊されないか、心配です。そうだわ！　私、またお身体に良い飲み物をお持ちします！」

「結構だ！」

　前に渡された、臭いを嗅いだだけで吐き気をもよおす、クリスタ曰く「身体に良い飲み物」を思い出しただけで、反射的に拒絶の言葉が出る。

「ゲープハルト様？　良薬口に苦しです。好き嫌いは駄目ですよ？」

「そういう問題ではない！」

　どうして自分が子どものように諭されなければならないのか。

　ゲープハルトは眩暈を感じ、クリスタを表門のほうへ促す。

　今までなら、このまま仕事だと言ってゲープハルトが逃げ去っていたのだが、クリスタが帰るのはローデリヒが向かった方向だ。

ふたりがもう一度出会う危険性があるのに、ひとりで帰すことができなかった。

「……クリスタ様、お連れの方は？　侍女か、従僕か……馬車は門に待たせているのですか？」

「ゲープハルト様ったら、逢瀬に他の者など連れてくるのは無粋ですわ」

「…………」

もう何も言いたくない。

口を開くたびに後悔している気がする。ゲープハルトはそれ以降、ひたすら無言で人の多い場所までクリスタを送り届けた。

そのお陰で、また噂になってしまったが、諦めにも似たものを感じさせるゲープハルトの瞳は何も映してはいなかった。

＊

クリスタは少なからず緊張していた。

待ちに待った昼食会が、これから始まろうとしているからだ。

これで確実に今後の自分の人生が決まる。

クリスタの立てた計画の、最後にして最大の山場だ。失敗は許されないのだから硬くならないほうがおかしい。

そのぎこちない表情を、別の意味で緊張していると思った家族が励ましてくれたのは、クリスタとしても少々心苦しかった。

けれど、もう止めることなどできない。

クリスタはここでゲープハルトの家族に会い、『常識がない』『ゲープハルトには相応しくない』と振られる予定なのだから。

ヴェーデル侯爵家の屋敷とは宮殿を挟んだ反対側に位置するツァイラー子爵家は、森に隣接した広大な庭を有している。武芸に特化した一族らしく、訓練場所を確保するためだと聞いたが、クリスタの本心としてはその広い庭を別のことに使ってみたいと思った。

昼食会は、天気が良かったためその庭で催された。自然のままのようでいてよく考えて配置された木々や花々は素晴らしい。農業が好きなクリスタは、作物を育てるのはもちろん、草花を愛でることも好きだったから、庭の美しさに感動した。

「綺麗な庭ですね」と褒めると、到着から案内してくれていたゲープハルトは冷静に「庭師が喜びます」とだけ答えた。

できるなら、不機嫌な顔のゲープハルトよりも、その庭師と話をしてみたかった。

しかしクリスタの計画は始まっているのだ。

クリスタは改めて紹介されたゲープハルトの家族を前にして、さすがツァイラー子爵家だと感じた。

すでに一線を退いている前子爵は、今も鍛えているのかまだ現役だと言われてもおかしくないほど軍人らしい佇まいで、彼に寄り添う奥方は線が細いが美しく、似合いの夫婦に見える。

現家長であるゲープハルトの兄エックハルトは、元々近衛隊の護衛騎士だったというのも納得できる落ち着きがあって頼もしそうな男性だった。愛らしい子どもたちと一緒にいる彼の奥方も綺麗な方だ。

ゲープハルトのすぐ下の弟は何とハルトムートとハルトウィヒという双子であり、傭兵をしているのだという。そっくりな人間と、傭兵という職業の貴族に初めて会ったクリスタは驚いた。軍人と遜色ないほど鍛え抜かれた身体に、兄たちと違って柔和な笑みを浮かべる彼らは、ゲープハルトより親しみやすく、話しやすい。そして国外へ出ることが多いからかいろんなことを知っていて、クリスタはたくさん話してみたいと思った。

そして最後に一番下の弟のディートハルトは、正式には貴族からは除籍され、平民の娘と結婚し市井で暮らしていると言う。そんな貴族がいるのか、そして許されているのか、と驚いたクリスタだが、両親も驚いていたから珍しいことなのだろう。末っ子らしい人懐っこい笑顔を振りまき、愛されていることがよくわかる彼は、平民の奥方と生まれたばかりの子どもを全力で愛している様子で、見ているこちらが微笑ましくなるほどだった。

兄弟が多いものの、総じて言えるのは、彼ら兄弟は顔がいいということだ。

精悍な顔つきはまさに父親譲りであり、末の弟まで逞しい身体に整った顔をしている。

一番下の彼がクリスタより年下だと聞いたときは耳を疑ったが、彼らを見れば、結婚相手としてツァイラー家の競争率が高いというのもよくわかる。

ゲープハルトは今一番優良な嫁ぎ先だったに違いない。残るは双子だが、彼らは王都から出ていることが多く、なかなか相手が見つからないという。それでもこの容姿であれば、相手に困ることはないだろう。

ひと通り挨拶が終わり、クリスタは彼らに嫌われて軽蔑されるのは少し辛いな、と感じていた。社交界が苦手なクリスタがずっと話をしていたいと思うほど素敵な人たちだったからだ。

何より、一番胸が痛むのは、ゲープハルトに嫌われることだ。

もとより、すでに嫌われているのは気づいていたが、それでもクリスタは先日の温かく大きな腕の中が忘れられなかった。

あの日、いつものようにゲープハルトを捜しに宮殿に入ったところで、突然ローデリヒ・バーターに捕まった。ローデリヒは小さな頃に何度か会ったことのある隣の男爵領の三男だ。

隣接しているといっても、お互いの領主館の立地場所は馬車で幾日もかかるほど離れていて、積極的に会いたいと思ったことはないが、家同士の交流はあり、親もバーター家の長男へクリスタを嫁がせようという思惑もあったのかもしれない。けれどクリスタにも相手にもその気はなかった。子どもながらに、お互いに興味がなかったからだ。

三男のローデリヒに至っては、子どもの頃からクリスタを見下すような態度をしていたため、クリスタにとって一番興味のない相手だった。

そのローデリヒが、いったい何を考えているのかクリスタに迫ってくる。

一見穏やかな顔立ちだから周囲は騙されがちだが、ふたりになると辛辣（しんらつ）な言葉でクリスタを貶（けな）しながら自分を優位に保ち、それでいて結婚を迫ってくるのだから意味がわからない。

行き遅れていると言われていても、ローデリヒだけは望まないとはっきり決めていた。

逃げるように人の多い場所から離れたのは、クリスタの失敗だったかもしれない。そこで捕まってしまったからだ。

けれど驚いたことに、助けてくれたのはゲープハルトだった。

嫌いな男に捕まっていたはずなのに、気づけば大きな胸に抱かれている。

その状況の意味を考えるよりも先に、その力強さと温かさに全身で安堵し、震えるほど怯えていたことにようやく気づいた。

ここは、おそらく一番安全な場所。

そう感じたからこそ、彼の腕にいつまでも包まれていたかった。大きな身体に寄り添っていたかった。自分を包み込む大きな彼の腕の中で、違う意味で緊張し、苦しくなるほど胸が高鳴るのを抑えるのに必死だった。

この動悸がどういう意味なのか、クリスタにもわかっている。

この逞しく、美しいゲープハルトに惹かれない女はいない。それは結婚する気がないクリスタであっても、同じだった。

格好良く、清廉で強く、優しい、真面目なゲープハルト。

つまりクリスタは彼に一目惚れをしていたからこそ、無意識に彼を計画の相手に選んだのだ。

これから彼に振られるというのに。

そう決めたのはクリスタ本人なのに。

それが辛いことだと、恋心に気づいてからわかるとは、本当にどうしようもなく馬鹿な女だと、クリスタは自分を罵った。

大きな腕の中で自己嫌悪に陥っている間に、ゲープハルトはローデリヒを遠ざけてくれていた。だが彼の抱擁(ほうよう)は解かれなかった。

この温もりに、もっとずっと浸っていたい。

それがクリスタの願いだったけれど、叶うことはない。

クリスタの計画はすでに始まっていて、それどころか、終盤に差し掛かっているのだから。

それがどれほど辛かったか、きっと彼にはわからない。

クリスタは必死で身体の喜びを抑えつけ、ゲープハルトから離れる決意をした。

昼食会で出迎えてくれたときにも、その胸に飛び込みたいと願って見つめてしまったが、もう受け止めてはもらえないだろう。

それはまさに計画通りだったけれど、これほど辛いと感じるなんて。

計画など関係なく、クリスタは失恋したあと、領地に引き籠もり、一生出て来られなくなるだろう。

自分で立てた計画ながら、クリスタは愚かな自分を嗤(わら)いたくなった。

三章

ヴェーデル侯爵家との昼食会は、予定通り始まった。

両家の顔合わせも穏やかなものだった。

父レオンハルトは、ヴェーデル侯爵を知っているからか、別段何か調べようとも思わなかったようだ。兄や弟たちも、積極的に結婚を進めるというより、クリスタという女性に会ってみたかっただけだろう。

社交界ですでに噂になっているこの状況をどうするか、その相談のために両家が集まっているようだった。

いきなり結婚の日取りを、などと進むような状況ではなさそうでほっとしたものの、相変わらずなクリスタの態度に目が据わる。

ゲープハルトも最初こそ礼節を守り、どんなことを言われてもされても冷静に対応するよう心がけていたが、笑顔でいるほうが最悪の事態に繋がるような気がしてきて、これははっきりと態度で示さなければクリスタの思うつぼだと思い直し、愛想をどこかへ捨てることにした。

女性、しかも高位貴族の令嬢に対する態度ではない、とエックハルトから叱られそうだとは思ったが、一度クリスタに会えばゲープハルトの気持ちも理解してもらえるはずだ。

それに冷徹にも思える態度でいても、クリスタの言動は変わらず、いや、さらに激しくなる一方で、ゲープハルトとしてはもう最後にはきっぱりと断るしか手段は残されていないと覚悟を決めた。

断りを入れる前に、ゲープハルトも一度家長である兄か、父に相談したいと思い、この昼食会を利用するつもりだった。

それが良策となるかどうか判断はできなかったが、両家が顔を合わせてからは少し旗色(はたいろ)が悪いかもしれない、と思い始めていた。

「ゲープハルト様！」

ツァイラー家に着くなり、両親への挨拶よりも先にゲープハルトに駆け寄って来たクリスタの行動は、すでに成人している女性と考えると、かなり行儀が悪い。

「お会いしたかった……もう一日だって離れたくありません」

ね？　と細い指先で腕を撫でられると、思わず一歩下がりたくなってしまうが、背後に家族がいるため、どうにか堪えた。

　そしてクリスタを追いかけてきたヴェーデル侯爵夫妻の焦りの表情と、弟ヴィンフリートの困った様子を見て、まだ自分に有利かもしれない、と心を強く持つ。

「昨夜は私、ゲープハルト様の夢を見たんです……幸せで、もう目を覚ますのが辛かった」

　そのまま眠っていれば良かったのに。

　そう言いかけた口を慌てて閉じて、見上げてくるクリスタににこりと笑う。それはヴェーデル侯爵夫妻への笑顔でもあったが、笑みを向けられたことが嬉しかったのか、恥じらう様子のクリスタに目を細めそうになる。

　やはり、美しい女性だ。

　嬉しそうな表情に心を揺さぶられるくらいには、ゲープハルトの心は侵され始めているのかもしれない。

　けれど本能に気持ちをゆだねるわけにはいかない。彼女の実態を家族にも知ってもらって、できれば兄を通してやんわりと断ってもらうのが最良だと思えた。

　兄や父の許可さえ得られるのなら、自分できっぱりと断ってもよかった。

　さてどうするか、と断る口上を考えていたというのに、時間が経つにつれ、ゲープハルトの旗色は悪くなり、顔色も悪くなっていく。

クリスタの言動が変わったわけではない。

高位貴族の令嬢としてはまったくおかしいはずの態度であるのに、何故か両親や兄、そして三人の弟たちもにこやかに受け入れてしまっている。

気づけば和やかな雰囲気になっている現状に、いったい何があったのか、ゲープハルトが一番知りたかった。これはどうにかしなければと、ゲープハルトは父と兄にだけ合図を送り、少し離れた場所に移動した。

ここなら、声を小さくすれば話を聞かれることはないだろう。

「どうした？」

真面目で優しいエックハルトは、やはり弟思いの兄で、困惑しているゲープハルトの気持ちを読んだように問いかけてくれる。父も同じように首を傾げた。

「……断ってください」

渋い顔で低く告げると、ふたりの表情が驚きに変わった。

「何故？」

「ヴェーデル侯爵家が気に入らないと？」

「そんなはずはないでしょう。むしろうちと比べることが恐れ多いほどです」

父の言葉を否定すれば、ふたりは尚更理由を知りたい、という顔をした。

ゲープハルトもはっきりとした理由を口にするのは難しいが、ここできっぱりと言わなければこのまま話が進められてしまうだろう。

「……ヴェーデル侯爵は素晴らしい方です。後継ぎのヴィンフリート殿もこれからが楽しみな青年です。ただ、彼女は」

「クリスタ殿が、気に入らないと？」

兄の直截的な言葉に、ゲープハルトは自分の気持ちを改める。

気に入るか気に入らないかで考えれば、気持ちは半分に分かれている。

「彼女は、とても美しい人です。どんな男でも妻にと望むでしょう。どうしてこれまで社交界に出てこなかったのか不思議なほどです。ただ、ふたりともご覧になったでしょう、彼女の……」

思わずその先を濁してしまったが、兄も父も納得したように頷いた。

「あの、少々元気すぎるところか？」

「私に娘はいないが、もしいたらあの様なお転婆な子になっていたかもしれないな」

ふたりの評価はとても控えめで、良い意見だった。

確かに元気だ。

そしてお転婆なのだろうとも思う。出会ってからの様子を見るに、深窓に大人しく納まっている姿は想像できない。

けれど、ゲープハルトが妻に望む女性は、大人しく控えめで常識を持った人だ。

今のところ兄嫁が理想そのものなのだが、意外に嫉妬深い兄に睨まれたくはないので黙っている。

「悪い人ではないでしょう。それはわかります。ですが、俺が望んでいるのは……」

「まぁ、食堂をなさっているのね？」

ゲープハルトが言葉を途中で止めたのは、透き通るようなクリスタの声が響いてきたからだ。

思わず振り返ると、末の弟のディートハルトとその妻であるアデリナの側でクリスタが驚いている。側にハルトムートとハルトウィヒもいるが、その顔に嫌悪の様子はない。

貴族が平民になっているという事実は、ツァイラー家では受け入れられるものだが、一般的には忌避されるものだった。振り回されることもあるが、可愛い弟だ。貶められるとしたら許しがたい、とクリスタの次の言葉を緊張して待っていたが、クリスタはすぐに輝くような笑顔になった。

「どんなところなの？　私、王都はあまり知らないの。ぜひ今度行きたいわ。どんなお料理を出すの？」

「え……っと、普通の料理です。平民向けのものですので、クリスタ様のお口に合うものでは……」

「あら。私、領地では領民とよく一緒にいるのよ。彼らの食事も遠慮なく食べてしまうの。実は屋敷の畏(かしこ)まった料理より私に合っていて……あっと、お母様、これは料理長には内緒にしてね」

「内緒になどしなくても、うちの屋敷の全員が知っていますよ」

「あら？」

平民のアデリナに対しても、遠慮もしなければ貴族という立場を見せつけもせず、その場に笑いをもたらすようにおどけている。

「では今度、我々がご案内しましょう」

「ええぜひ、ご一緒に」

双子も面白そうにクリスタに話しかけていた。

「おふたりは、よく町へいらっしゃるの？」

「我々は傭兵をしているもので」

「どちらかと言えば、貴族ではなく平民と一緒にいることが多いですよ」

「傭兵！　お話には聞いたことがあるわ！」

「あまり綺麗な仕事ではないんですが、性に合っているので」

「商隊の護衛などで他国へもしょっちゅう出向いているので落ち着かないのですが」

弟たちの話も畏まった様子はない。にこやかに話しているが、あれは彼らなりのふるいのかけ方なのだ。

その話から、傭兵という職業が騎士のような華やかさもなく、泥にまみれた平民と同じ仕事だとわかるだろう。それを忌避する貴族は多い。けれど騎士やその下の兵士だけでは国を護りきれないのが事実だ。

それを貴族の大半は知らないし、知ろうともしない。

傭兵という言葉だけで蔑むような女性は、弟たちも近寄らせないだろう。今彼らは、ゲープハルトのことを考えて話をしてくれているのだ。

けれどまた、クリスタは笑みを浮かべた。

「他国へ!? どちらの国へ？ お隣？ 遠い砂の国は？ 少し前に物語で読んだばかりなの。砂の国っていったいどんなところかしら？ 私、領地からあまり出ないものだから世間知らずで……」

まるで外には素晴らしい世界が待っているような興奮ぶりに、双子は顔を見合わせたあとで笑顔になっていた。

「砂の国は、本当に砂ばかりですよ」

「ほとんどが人の住める場所ではないのですが、いくつか水のあるところがあります。そこに町をつくり、人が住んでいるんです」

「まぁ……！ 見てみたいわ、ぜひ！ そうか、そうね。護衛を頼めば旅に出られるのね、ねぇお父様……」

「駄目だ」

「まだ何も言っていないわ！」

「駄目だ」

クリスタの言葉を不機嫌そうに遮るヴェーデル侯爵の様子に、また笑い声が上がる。

どう見ても、あの場で中心にいるのはクリスタだった。

彼女が、すべてを明るく照らしていた。

クリスタは、そんな女性だった。

姿は美しく、身分で人を差別せず、他人の心にするりと入り込む。

そんな人が、他にいるだろうか。

弟たちの目も、クリスタには好意的だ。双子は特にさらに積極的に話しかけ、まるで口説いているようにも見える。

ハルトムートもハルトウィヒも、良い弟たちだ。彼らが身を固めるのなら、全力で応援するし、手助けもする。

双子の職業を忌避せず、受け入れてくれる優しい女性がいたのなら。

楽しそうに笑ってくれる女性がいたのなら。

その女性は、クリスタそのものだ。

穏やかに、そして楽しそうに話す彼らに、ゲープハルトは『いいじゃないか』と思った。双子のどちらかが望むなら、クリスタを彼らに押し付ければ、自分は自由になれる。そしてまた、理想の女性をゆっくりと探すことができる。

そう考えたが、心の半分が否と叫んでいた。

その感情がよくわからなくて、必死で理由を考える。

一応クリスタは、ゲープハルトに想いを寄せている。だからこそ今がある。ゲープハルトとの関係が終わるまでは、他の男を近づけるべきではないはずだ。

自分でもよくわからない論理に思わずため息を吐きそうになるが、それでもどうしてか許せなかった。

「ゲープハルト？」

兄の声に、はっと我に返る。

どうやら、ずっとクリスタを見つめてしまっていたようだ。取り繕おうと思ったが、敏い兄と父には気づかれたかもしれない。だがこの複雑な感情をどうすればいいのか、ゲープハルト自身が教えてほしかった。

とりあえず、双子たちと一緒に笑うクリスタを見ていることが何故か不快で、ゲープハルトは兄たちから離れ、笑い声の絶えない輪に割り込むことにした。

そして、穏やかに昼食会が終わると、ゲープハルトとクリスタの結婚が調えられていた。

＊
どうしてこんなことに？

クリスタはその結果を聞いて呆然となった。

昼食会が終わって帰宅し、その日の晩餐のことだった。

クリスタの計画では、ここで両親から悲しげな顔で「諦めなさい」と言われる予定だった。

できるだけ悲しい顔をしようと心の準備を整えて待っていたのに、まったく逆だった。両親ともに、心から安心したような笑みで、「良かった良かった」と繰り返す。

クリスタの思考を読んでいるような弟が、憐(あわ)れむような目でクリスタを見ている。憐れみは憐れみでも、クリスタが計画していたものとは違う。

こんなはずではなかった。

クリスタは、決して貴族には受け入れられない娘を演じたはずだった。

彼の両親に挨拶をする前に、はしたなくゲープハルトに迫ってみたりした。平民がいると言われてそこに入り込んでしまおうともした。とはいえ町で食堂をしているという弟の妻の話は面白く、もっと話していたかった。大人しい女性なら絶対に拒絶するだろうゲープハルトの弟たちの職業も、ちょっと楽しそうだなと思ったことも確かなので、喜んで話し込んだ。

こんなに落ち着きのない女は、どこの家からも断られるだろう。

確かにヴェーデル侯爵家という名前は持っているが、所詮は家を出る娘である。高位貴族でありながら社交界の常識も知らず、行き遅れた娘など、よほどのことがない限り受け入れられないはずだ。

そのよほどのことも取り除きたくて、貴族令嬢として非常識な振る舞いを必死で頑張ったというのに、結果はまったく望むものではなかった。

いったい何を間違ったというの？

そもそも、ゲープハルトがこの結婚を望んでいるはずがない。

クリスタの顔を見るだけでうんざりとしていたし、受け入れがたいと距離を置きたがっていたのだから。

礼儀正しい性格だから、はっきりと拒絶することはなかったが、クリスタに興味がないことはちゃんと示されていた。

普通の女なら、その反応で断られたと引くところだろう。それを引かず、強引に迫っていたというのに、いったい何が起こったのか。

それともゲープハルトは、そんな得体の知れない女が好みだったのだろうか。

あの嫌そうな顔は、演技だったとでもいうのだろうか。

それならクリスタの上を行く演者であり、敵うはずはない。

いや、そもそも――ツァイラー子爵家は、平民と結婚することを許し、その相手ごと家族に受け入れることを良しとする家だ。

彼らを受け入れたことが、もしかしたら一番の間違いだったのかもしれない。

傭兵などという物騒な職に就くことを良しとする家だ。

クリスタはその考えにたどり着いたものの、後の祭りという言葉が頭を巡っただけだった。

だって、とても話しやすかったし、楽しかった。

笑うことが自然にできた。

あの心地よさは広い社交界を探しても、このツァイラー家にしかないだろう。

もしかしたら、クリスタはとても素晴らしい家の男性と結婚できるのかもしれない。

ただ、その結婚相手に嫌われているという現実が、クリスタを絶望させた。

ゲープハルトの顔を思い浮かべるだけで、胸が高鳴る。それがクリスタの素直な感情だった。

こんな計画、立てるんじゃなかった。

後悔している自分が情けなくて笑いたくなる。けれど、クリスタよりもゲープハルトのほうが哀れだ。

自分には悲しむ権利もない。

クリスタは目が潤(うる)みそうになるのを必死に堪えた。

両親には、喜びのあまり感極まっているのだと思われたようだが、訂正する気にもなれなかった。

四章

結婚式は、あの昼食会から一ヶ月後という異例の早さで行われることになった。

いったい何を逃がさないつもりでこんなに早まったのか、両家が必要としたのは、新居を調える時間のみだった。

新居はこの王都に、ヴェーデル侯爵がすでに用意したという。

前々からクリスタのためにと考えていた屋敷で、結婚祝いだと言われれば受け取らないわけにもいかない。宮殿の近衛隊の宿舎でも充分だったゲープハルトには、広い部屋が必要なわけではない。自分のことは自分でできるし、使用人も必要ないと思っていた。手を借りたいときは、ツァイラー家の者のほうが勝手がよくわかる。

けれどクリスタは侯爵家の令嬢だ。使用人のいない屋敷に住まわせるわけにはいかない。クリスタのために最低限の使用人は揃えなければならない。そうなれば、やはり部屋数のある屋敷が必要だ。その準備に必要な時間が、一ヶ月ということだった。

ヴェーデル侯爵家とツァイラー子爵家の婚姻だというのに、式の出席者がお互いの親族だけというのは、本人たちの意向だ。

ゲープハルトは、喜び話を進める父を見てもう後戻りはできないと悟った瞬間から、大仰な式だけは避けたいと願った。ヴェーデル侯爵家のほうからも、クリスタも同じような希望だと言われて不思議に感じた。

あれほど求めていた結婚だというのに。普通の女性なら願いが叶ったことを喜び、社交界に知らしめたいと思うものではないのか。

これではまるで、本当は結婚したくないかのような、秘密の婚姻だ。

これが彼女の望んだことなのか、と何度も疑問に思ったが、答えはクリスタ本人にしかわからない。そしてそのクリスタには、昼食会から二十日ほど過ぎた夜会まで会うことはなかった。

ゲープハルトが避けていたわけではない。

ヴェーデル家から、支度はすべてこちらでと申し出があったので、ツァイラー家として幾度か話をしただけで、ゲープハルトは結婚式当日に出向けばいいことにされた。

そして、それまで毎日のようにゲープハルトを追いかけていたクリスタも、ぱったりと姿を見せなくなった。

準備に忙しい、と言われればそうかもしれないが、彼女のことだから、忙しさなど関係なく押しかけてきそうだと思っていた。しかし予想は裏切られ、胸にもやもやとした定まらない感情が浮かんだ。

まるで会えないことを残念がっているようで、ゲープハルトは自分のその気持ちを一蹴したものの、会えないままの日々は、彼の気分をもやもやから苛々（いらいら）へと変化させた。

そんな中、ようやく会えたのが王族の主催する夜会だった。

目立つことを避けたかったゲープハルトは、仕事を理由にクリスタを誘うこともしなかった。

どうせ来るのだろうと思っていたし、会えばいつもの勢いで迫られるとも思っていたからだ。

周囲からもそれを期待されているようで、何故かゲープハルトは夜会の時間だけ、国王の護衛から外れて大広間の会場警備に回された。

会場警備と言っても、要所要所に立って全体を注意深く見張るものの、招待客と会話をしても許される配置だ。しかも今日のゲープハルトの立つ場所は居ても居なくてもよいところで、あきらかに余分な人員だ。

これはゲープハルトとの結婚を望む女性たちにとっては、とても都合のよい配置だったため、今まで意図的に避けてきたのだが、面白がっている上司の命令には逆らえない。

命令だからと従いつつも、どこかであの勢いを受け止める準備をしている自分もいて、ゲープハルトはいったい自分がどうしたいのか、頭がおかしくなってしまったのか、と悩んでしまうほどだった。

何しろ、あの昼食会以降、『クリスタはとても素晴らしい女性だ』というのが家族の総意で、ゲープハルトの意見は何ひとつ通らなかった。

美しくて身分による差別をしない、楽しくて優しい女性であるクリスタにいったい何の不満があるのか、と兄に問われて、ゲープハルトは何も言い返せなかった。

いったい何が不満なのか。

少々行き過ぎた態度が目につくようでも、それはゲープハルトを思えばこそだろう、と言われれば、さらに何も言えなくなる。

終いには、そろそろ結婚させたいと考えていたのだと兄や父から言われると、心配させていた手前、やはりゲープハルトに拒否権はないのだった。

夜会ではできるだけひっそりと警備をしていたかったが、声をかけても構わないとわかるなり、貴族が片端から挨拶にやってくる。

彼らが声をかけてくる理由は、ゲープハルトの婚姻にほかならない。

本当に結婚するのか。相手はヴェーデル侯爵令嬢なのかなど、口を揃えて質問してくる。

今もなお、自分の娘を、と売り込んで来る者も後を絶たない。

立場上無視することも撥ね付けることもできず、休憩ということにして広間を出て行ってしまいたい、と思い始めていた頃、会場にクリスタが現れた。

この日のクリスタも、やはり美しかった。

淡いクリーム色の布を重ね、縁取りのレースだけが薄い緑色になっているドレスで、肩を出してもいない大人しいと感じるほどの衣装なのに、誰より色香を発しているように見えた。装飾品はレースと合わせた色の大ぶりな耳飾りだけだが、会場で一番輝いている。貴族の令嬢らしい、大人しく慎ましやかな仕草のクリスタは、誰もが妻にと望むほど美しかった。

けれど、会場で彼女を見つめる視線の半分は、その美しさが崩れるときを待っているようにも思えた。ゲープハルト自身も、その内のひとりだ。

警備中とはいえ、同じ会場に立つゲープハルトを見つけるなり、きっと駆け寄って想いをぶつけるのだろう。これまでの噂を娯楽として楽しみにしている者からすれば、期待が高まっているようだった。

クリスタと視線が合うなり、ゲープハルトは身構えた。

だが、その期待は裏切られた。

クリスタは両親と一緒に現れたあと、そのまま静かにゲープハルトの前に来ると、礼節の見本のような美しさで挨拶をしただけだった。

「……こんばんは、ゲープハルト様」

「……ああ」

身構えていただけに、ゲープハルトは情けなくもそんな返事しかできなかった。

ヴェーデル侯爵たちの視線を受けて慌てて挨拶を返すものの、動きがぎこちなくなっているのは自分でもわかる。

「今日も勤務とは、ゲープハルト殿は本当に真面目だな」

「そうね。でも、あまり根を詰めすぎてもお身体が心配だわ……」

「おいおい、そういうことは結婚してからクリスタが考えることだろう？」

「まぁ、そうね。クリスタ、貴女もしっかりとゲープハルト様を支えるのよ」

「……はい、お母様」

にこやかなヴェーデル侯爵夫妻の会話に微かな笑みだけで答えるクリスタは、まさしく絵に描いたような令嬢そのものだった。

しかし、その笑みがどこか強張って見えるのは、ゲープハルトの錯覚なのだろうか。

「……どこか、体調でも悪いのですか？」

思わずそう訊いてしまったゲープハルトは、悪くないはずだ。

それほど、クリスタはこれまでとは別人のようになっていた。

もしや変なもの、それこそあの怪しい滋養強壮に効くという飲み物でも飲んでしまったのでは、と思うほどの違いに心配してしまったが、クリスタは一瞬驚いたように目を瞬かせ、そしてぱっと表情を変えた。

「……まぁ、ゲープハルト様ったら、まだ私たち何もいたしておりませんのに。気が早いです！」

「何の気が⁉」

笑顔でゲープハルトに一歩近づこうとするクリスタに、ゲープハルトは思わず一歩下がってしまう。

いったい何の話になった、と慌てるゲープハルトやヴェーデル侯爵夫妻に構わず、クリスタは頬を染めて嬉しそうに囁く。

「まぁ……そんなこと、とても私の口からは……でもいずれ、ふふふ」

「私は潔白ですよ！」

ゲープハルトは自分の身を守るようにヴェーデル侯爵夫妻に叫んだが、夫妻はすでに何かを諦めたような、達観したような笑みを浮かべていた。

まるで初々しいふたりのやりとりを見守っているような様子で、見捨てられたようにも感じる。

まさか押し付けられているのではと思いながらも、ゲープハルトは先ほどの心配を返せ、と誰かに叫びたかった。

そしてにこやかなままさらに近づいてくるクリスタを止める手立てを必死に考え、とうとう、人生で初めて、職場放棄する決意をした。

「――申し訳ありませんが、これから私は違う場所の警備がありますので……この場には違う者が参ります。挨拶の途中ですが、外れることをお許しください」

きっちりと礼で顔を隠すように言い切ると、受けたヴェーデル侯爵たちは鷹揚に頷き、離れることを許してくれた。

それから、引き止められることを拒否するように早足で会場から出たのだが、視界の端に捉えたクリスタの表情は、残念がっているというより、どこかほっとしているようにも見えた。

見間違いかもしれないが、その表情の意味を考えながらも、ゲープハルトは逃げ出すことしかできない自分を情けなくも思っていた。

*

クリスタは二十日ぶりにゲープハルトを見て、ため息を吐きたくなった。

いったいどうして、こんなに格好良いの。

きっとこの国で近衛隊の護衛騎士の隊服が最も似合うのは、ゲープハルトだろう。

呆れるほどに素晴らしい容姿をしているゲープハルトは、今日の夜会では何故か国王の傍ではなく、会場警備に配置されていた。

珍しいと思ったのも束の間、彼の周りに集う貴族の姿を見て、もう一度ため息を吐きたくなる。

改めて見なくてもわかる。

ゲープハルトはあれほど人々を魅了し惹きつけてやまない人なのだ。ぜひ結婚相手にと国中の貴族が声を上げてもおかしくない。

そんな彼を射止めたのが自分だなんて、どんな冗談だろうかと、自分でもわかっている。

わかっているからこそ、クリスタはすでに嫌われている自分が可哀想になって、久しぶりに彼の姿を見られたというのに、落ち込みを隠せなかった。

けれどその彼に落ち込んでいることを心配されてしまい、クリスタは慌てた。

この場で悲しんでいいのはクリスタではない。

誰より、怒り、悲しんでいいのは、こんな馬鹿な計画に巻き込まれたゲープハルトだ。

その彼に心配をかけるなど、呆れを通り越して自分に怒りすら感じる。

せめてゲープハルトには、クリスタを嫌い、怒り、周囲からは哀れだと思われるような立場でいてもらいたい。

以前のように、周囲を気にしない、礼儀もないようなはしたない笑みを浮かべたつもりだけれど、上手く演じられているだろうかと、クリスタは心配だった。

クリスタから逃れるように後ずさったゲープハルトに安堵しながらも、傷ついている自分にも気づき、笑みが崩れそうになる。

本当に馬鹿だ。

自分を憐れみ、嘲りながら、クリスタはどうしたらゲープハルトから離れられるだろう、と必死に考えたが、先に彼が逃げてくれて安堵した。

けれどほっとしたのも束の間、今社交界で一番の関心事といってもいいクリスタを、他の貴族が放っておくはずもなかった。

次々と押し寄せる人々を、父母と一緒にさばいていく。

ゲープハルトに対するものとは違う笑みを浮かべるも、その顔にも疲れが出て来る。

所詮、人前で愛想良くすることにクリスタは慣れていないのだ。それができるなら、そもそも社交の場から離れてはいない。

それでも、必死に人々の挨拶を受け続け、よくわからない話題も適当な相槌で乗り越えていけば、逃げる隙も見えて来る。

「お父様、ちょっと私、控室へ……」

喉も渇いたし、と掠れた声でそっと告げれば、父のコンラートは周囲を確認しながら頷いてくれた。

ヴェーデル侯爵家に用意されている控室は、広間から一番近い場所にあった。

そこは人目のある場所だからこそクリスタがひとりで行くことを許されているのだが、クリスタはその人目から逃れる器用さを持っていた。

そうでなければ、日々小言を繰り返す両親の目を盗み、領地で好き勝手する生活などできない。

クリスタは大広間を出入りする貴族や侍女、使用人たちの目をすり抜けて、控室も通り過ぎ、宮殿の人気のない場所へと向かう。

ゲープハルトを追いかけるために動き回った努力が、すでにクリスタに宮殿内を自由に歩けるだけの知識を付けさせていた。

「……はぁ――」

何が功を奏するかわからないわね。

クリスタは久しぶりに他人の目もなく、ひとりになれたと深く息を吐く。

結婚が決まって以来、両親は喜ぶと同時に忙しなくなった。それはクリスタの逃げ道を塞ぐような勢いだったが、その勢いに負けてしまったのはクリスタだ。

新居がもう用意されているという事実にまず驚いたが、その内装から運び入れるものまで両親が決めていて、クリスタは婚礼衣装や結婚後の衣装などを揃えるのに振り回され、ひとりの時間などなかった。

クリスタはこんなどうしようもない状況になってしまったことを嘆きながら、逃げるわけにもいかない現実をどうするか、どうすればいいのか、改めて考えようとしたが、答えなどわかるはずがない。

もはや、流れに身を任せることしかできないのだ。

今さら結婚できないとクリスタの口からは言えない。それに、結婚したくないわけではない。

何しろ、相手はゲープハルトだ。

おひとり様の人生を望んではいたけれど、結婚相手にゲープハルト以上の人などいるはずもなく、嬉しくないわけがない。

それは浅ましいほど正直な自分の気持ちだが、ゲープハルトのことを考えれば喜べるはずもないから、素直に浮かれることも逆らうこともできず、流されている。

でも、せめて、これ以上、彼に迷惑をかけたくない。

ついさっき、思い切り迷惑そうな顔をさせてしまったことに落ち込みながらも、クリスタは逃げられない状況だからこそ、せめてこれ以上悪くしたくないと思い詰める。

クリスタは、庭園に繋がる通路の柱の陰に身を潜めた。

会場の人ごみに熱され火照っていた身体に、夜風が気持ち良い。

そんなとき、庭からの風に乗るように声が耳に届いた。

「――姫は今日も相変わらずだったな」

「熱烈でまったく、羨ましいよ」

「――うるさい、黙れ」

呻くようなその声は、聞き間違えるはずがないゲープハルトのものだった。

そこでクリスタはこのあたりにも護衛騎士の休憩場所があったのを思い出す。

彼らの前に出て行くことはしなかった。話の内容から、彼らの話題にのぼっているのが自分だと気づいたからだ。

「今日も不機嫌だなぁ、本当は嬉しいくせに」

「本当に。あんな美女に迫られて、喜ばないなんてありえないぞ」

「素直になればもっと楽だろうに」

「だ、ま、れ、と言っている。そもそも、俺が望んだ相手ではないのはわかっているだろう」

「あー、ゲープハルトの理想は、マリーネ殿だもんな」

「マリーネ殿？　……エックハルト殿の奥方の？」

「まぁ確かに、誰でも憧れる方ではある」

「……うるさいぞ。それを兄上に言うなよ。兄上はあれで結構嫉妬深いから、バレたら俺の身が危ない」

「それは俺たちも一緒だ。優しくて綺麗で、いつも穏やかなマリーネ殿は、近衛隊の憧れの人だったんだからな」

「掻っ攫ったエックハルト殿は……さすがというか抜け目がないというか」

「兄上は機を見るのに長けているんだ」

「……相変わらず、兄上至上主義だな。ゲープハルトも」

「……まぁともかく、一歩引いて常に夫を立て、穏やかで優しいマリーネ殿に比べると、姫はなぁ……」

「……綺麗なんだけどな」

「……ああ、恐ろしく綺麗なんだけどな」

「……彼女のことに構うな。ほら、休憩は終わりだ。仕事に行け」

数人の足音がその場から去って行くまで、クリスタは息を殺してじっとしていた。

一歩どころか、指先ひとつ動かせなかった。

肌寒さを感じるほどそこに立ち尽くしていたことに気づいてから、自分がかなりの衝撃を受けていることにも気づいた。

ゲープハルトの理想にほど遠いクリスタ。

ゲープハルトほどの人が自身の結婚相手について考えていなかったはずがない。

そしてその理想とする人はクリスタも知っていた。

ツァイラー家での昼食会で一度会ったきりだが、その人柄のよさはすぐにわかった。

クリスタにもとても好意的で、優しく、他の人が言うように、穏やかで美しかった。

そんな兄嫁を理想としていたゲープハルトと結婚するのがクリスタだ。

クリスタは自分を知っている。

ひとりで生きていきたいと思い、やりたいことだけをやっていたいと願って、自分勝手な計画を立て、そして後戻りすらできなくなった愚かな女。それがクリスタだ。

これは、そんな馬鹿な女に与えられた罰なのだろうか。

クリスタは、静かに一粒、涙を零(こぼ)した。

泣くことすらも自分に許したくなくて、零したのはそれだけだったけれど、心の中では泣き続けていた。

いったいどれだけのことをすれば彼に償えるのだろう。

クリスタは罪悪感に駆られ、いっそ誰かに罰してもらえたら楽になれるのに、と馬鹿なことを願った。

けれど、クリスタは許されるべきではないのだ。

＊

「ゲープハルト兄さん、何て顔をしてるんだ？」

「それが本当に新郎の顔？」

結婚式当日、近衛隊の儀礼服に身を包み、小さな神殿で新婦を待っていると、双子の弟たちがからかうように言った。

ゲープハルトは気持ちがそのまま顔に出ていることを知っていた。

「……緊張しているのか」

兄のエックハルトも問いかけてくるくらいだから、よほど強張っているのかもしれない。

「ゲープハルト兄さんが緊張って、似合わないよ」

面白いものを見たように笑う末の弟には、遠慮なく頭をはたいておいた。

痛い、と泣きまねをしてアデリナに慰めてもらっている愚弟のことはどうでもいいが、自分で思っているより、ゲープハルトは不安定になっているようだ。

確かに緊張しているのかもしれない。

ただ、何に緊張しているのかがわからない。

クリスタは美しい女性だ。黙っていれば、文句なく妻にと望んだだろう。ただあの勢いで迫られると、反射的に構えてしまうだけだ。

それだけじゃないか、と自分を納得させる。しかしそれに収まらない何かが心の奥で渦巻いていて、はっきりできない自分に緊張しているのかもしれない。

ただ、ゲープハルトは身体のほうが正直だ。

一度腕に抱いただけで、あんなにも反応してしまったのは初めてだった。

女性らしい身体、というわけではない。どちらかと言えば細身だし、豊満な身体というのなら、義妹となったアデリナのほうが男の視線を奪うだろう。

そんなことまで考えていると、何故か思考を読んだようにその夫であるディートハルトが睨みつけてきた。

「なんだ」

「……ゲープハルト兄さんは、理想が高すぎるんだよ」

「そうだな」

「本当にな」

理想が高い、とは考えたことがなかった。

ただ、受け入れられない女性はあくまで受け入れられないと思っているだけだ。それなのに双子の弟たちも同意している。

兄も否定しないことに釈然とせず言い返そうとすると、父に睨まれ、全員で口を噤む。

そのとき、準備の整ったクリスタが現れた。

「お待たせいたしました」

ヴェーデル侯爵夫妻に付き添われ、花嫁衣装を着たクリスタが神殿に入ってくる。

その姿に、ゲープハルトは言葉が出なかった。

白い婚礼衣装は、ヴェーデル侯爵が娘のために金を惜しまず用意したとわかるほど、美しかった。豪奢だからといって、大仰なわけではない。上等な絹と細かい作りのレースをふんだんに使っていて、落ち着いた形で細身のクリスタにとても似合っている。肩を出した意匠は、クリスタの姿をより儚げに見せていた。

彼女ほど、外見と中身の違う女性はいないだろうと、改めて思う。

ゲープハルトはあまりに美しい花嫁に驚いたものの、ある程度想像はしていた。黙っているだけで美しいのだから、着飾ればその分魅力が増すことはわかっていた。

だから落ち着こうと深呼吸をするが、すぐにゲープハルトの表情が固まる。

美しい花嫁衣装に身を包んだ、今日一番喜びに満ちているはずの花嫁の表情が、化粧をしていてもわかるほど強張り青ざめていた。いつもゲープハルトの目を奪う生気溢れる表情がそこには見当たらなかったのだ。

この結婚を望んだのはクリスタ本人だというのに、願いが叶ったこの場所で、何故そんな顔をしているのか。

ゲープハルトはそこで初めて、自分はクリスタの嬉しそうな笑顔を見たかったのだと気づいた。

ゲープハルトとの結婚を心から喜ぶ彼女を見たかった。

けれど今のクリスタは、強制的に連れてこられ、嫌な男と結婚させられる憐れな花嫁のようだった。

「朝から緊張していて……」

クリスタの母がそう教えてくれたものの、婚姻の式が終わるまで、新郎新婦の表情は強張ったまま、戻ることはなかった。

結婚式自体はあっさりとしていた。

書類に名前を書くだけの簡単なもので、その後の両家だけの会食をもって、結婚披露宴の代わりにした。

ゲープハルトは立場上、直属の上司は国王となる。一国の王を祝いの席に呼ぶとなるとかなり大がかりなものになるため、いっそ誰も呼ばないことにした。

クリスタにも似たような事情があった。これまでのほとんどを領地で過ごしていた彼女に、王都での知り合いはいない。領地の知り合いもほとんどが平民だと言われてしまうと、呼ぶ相手が限られる。

結局、お互い無理に客人を集めるよりは、両家のみで祝うことを選んだ。

そんな会食の場で、ゲープハルトとクリスタは並び合いながら何も話すことはなかった。

以前の昼食会と同じように、家族だけが穏やかに楽しそうに時間を過ごしていた。

まるで他人の婚礼のようだ。

ゲープハルトは隣の席から強い緊張を感じ取りながらも、家族と時折会話をするだけで、クリスタのほうに向くことはなかった。

しかし、いつまでもそのままでいられるはずもない。

会食が終われば、そのまま新居へと案内され、夫婦としての生活が始まるからだ。

ツァイラー家の屋敷とヴェーデル家の屋敷のちょうど中間あたりに用意された新居は、それは立派な建物だった。

ゲープハルトはこの日初めて屋敷の中へ入った。

いつものように休みなく仕事をしていたことと、家のことはヴェーデル家ですべて取り仕切ると言われていたため、何もすることがなかったのだ。

「旦那様、お帰りなさいませ」

「……ああ」

だから屋敷に入ったとたん、迎えてくれた執事だろう男に頭を下げられ挨拶を受けても、曖昧な反応になってしまった。

別の馬車でゲープハルトを追うように屋敷に入ったクリスタは、侍女をひとりだけ連れているが、その顔はまだ緊張している。

それを見たくなくて視線を巡らせ、執事が使用人を集めて控えているのを見た。

「旦那様、私が筆頭使用人であり家令も務めておりますロイターです。何でもお申し付けください。それから奥様付きの侍女がふたりと、下男、下女がそれぞれふたりおります。料理人は料理長がひとりですが、この先お客様が大勢いらっしゃるときには臨時で集める用意がございます。あとは厩と庭を担当いたします庭師がひとりです」

「……それだけか？」

「はい。旦那様は従僕が必要ないとのことでしたので……やはりご用意いたしましょうか？」

「いや、いい」

使用人は最低限でと最初に言っておいたが、本当に最低限だったようだ。

「彼女に不便がなければそれでいい。とりあえず、今日はもう休む。寝室の用意を。それだけで、皆ももう休んでくれ」

ロイターと併せて全員が揃って頭を下げている中、ゲープハルトは礼服の襟元を崩しながら足を踏み出した。

けれど、進むべき部屋がわからない。

すぐに心得ているとばかりに、ロイターが進み出る。

「二階の奥に、ご用意してあります」

「ありがとう」

案内されて向かった部屋は、落ち着いた内装だった。

華美なわけでもなく、質素なこともない。

帰って寝るだけだった宿舎を考えれば整い過ぎているが、ヴェーデル侯爵家の用意した家ともなれば、これくらいが普通なのかもしれない。ごちゃごちゃと派手に仕上げた部屋よりは、落ち着いて過ごしやすそうだった。

少なくとも、ヴェーデル侯爵の趣味はいいと思われる。

ゲープハルトは与えられた部屋にあらかじめ運び入れてもらっていた自分の荷物が納まっていることをひと通り確認し、誰もいなくなったあとで部屋を抜け出し、屋敷の中を見て回った。

これはツァイラー家の習性のようなものだ。

自分の住む場所がどんなところなのか、何があるのか。自分の目で見て確かめておかないと、安心して眠ることなどできない。

もちろん、一回りする間に誰にも見つかることはなかった。ゲープハルトに見られているとも気づかず、使用人たちは自分の仕事をしていた。

休め、と主人が言ったにもかかわらず、するべきことを黙々と行う彼らは、とてもいい使用人なのだろう。ツァイラー家に劣らないほどだ。

少なくとも、彼らはある程度信用できるだろうと判断し、ゲープハルトが寝室へ戻ると、時間を見計らったかのように扉が叩かれ開かれた。

入って来たのは他の誰でもない。寝室に入ることを許されている人物、この屋敷の主人の妻になったクリスタだ。

「…………」

「…………」

部屋に迎えたものの、お互い何も言わないまましばらく時間だけが過ぎた。

クリスタは寝室の入口でぴたりと足を止めている。

ゲープハルトはそれを見たまま、やはり動きを止めていた。

クリスタはゲープハルトを見ていない。

人を魅了してやまないほど輝いていた茶色の瞳は、何も映さないように暗い色になってふたりの間の床を睨んでいるようだった。

その表情は強張ったままだ。化粧を落とした顔色はやはり青ざめている。

湯浴みをしたのか、クリスタはすでに夜着に着替えている。複雑に編まれていた髪もほどかれ、緩くひとつにまとめただけで左肩に流されていた。

手は、固く夜着の布を握り締めている。それが、クリスタの気持ちそのものに思えた。

まさにゲープハルトを拒んでいるような様子なのに、薄い夜着に身を包んだクリスタは扇情的で、ゲープハルトを刺激している。トラウザーズの下で強張っている己は正直だ。

ふたりの温度の差がまさにこの距離に表れているようで、ゲープハルトは嗤った。

ふ、と息を吐き出すだけで、クリスタは肩を揺らす。

その様子は、ゲープハルトに差し出すために用意された生贄のようだ。

生贄か。

今日、ふたりは結婚して夫婦になった。

寝室にふたりでいることを誰が拒むだろう。

ただその本人から拒まれている。この状況を望んでいたのは誰なのか、そう思うと苛立ちは限界に達し、まさに態度になって表れた。

「君が望んだことだろう」

「……っ」

俯いていた肩が揺れて一瞬ゲープハルトを捉え、視線がぶつかると、また俯いた。

ゲープハルトは礼服の上着を脱ぎ、部屋にある三人掛けのソファに放り投げた。そのままシャツの襟元を広げ、脱いだシャツを同じ場所に投げる。

「いつまでそこに立っているつもりだ。まさか一晩中そこにいるのか？」

ゲープハルトは言葉を改めることをやめた。

クリスタは侯爵家の令嬢だけれど、今日、自分の妻になったのだから。

気遣う余裕がないことも自覚している。

ゲープハルトは、整えていた自身の髪に手を入れて、掻き回した。

自分の格好が、これ以上ないほど乱れているのはわかっている。そのことにクリスタが目を泳がせて、怯えていることも見ればわかる。

だからあえてそうした。

「……ゲープハルト様」

久しぶりに聞いたクリスタの声は、微かに震えていた。

あの元気の良さと、止められない勢いは、いったいどこへ捨ててきたのだろう。

「クリスタ」

「――っ」

びくりと震えた肩へ手を伸ばした。

二歩歩けばなくなる距離だ。

その間を、自分から埋めたくない。

怯えた顔を見せつけられて、その上自分から動くなど、さらに惨めさを感じるだけだ。

だから手を伸ばして、相手を待った。

クリスタの不安そうな視線が床と手を何度も往復する。どこかに逃げ場を探しているのか、部屋の壁にまで目をやり、けれど最後に覚悟を決めたように一歩踏み出した。

相変わらず細い手がゆっくりと伸びてくる。

もう一歩、クリスタが進み出たところで、ゲープハルトはその細い手を取り、勢いよく引き寄せた。

結局は我慢できない自分に笑ってしまう。

「あ……っ」

驚いた目が、腕の中から自分を見上げる。

この姿を、本当はずっと見たかった。

初めて腕に抱いたあのときから、ずっと見ていたかった。

すでに自分の身体が興奮しているのはよくわかっているが、このまま押し倒してしまいたくはない。この顔を見ることを簡単にやめたくなかった。

ゲープハルトを夢中にさせる茶色の目が、怯えながらもまっすぐにゲープハルトを射貫いている。

逃げないようにクリスタの背中に回した手から、激しくなる彼女の心音を感じた。

これは怯えか、喜びか、まだ判断がつかない。

けれど滑らかそうな肌に耐えきれず、手のひらで頬に触れる。想像以上に柔らかな皮膚に、指先がもう離れたくないと何度も撫で続けた。

「…………」

クリスタの目が何かを訴えるように揺れて、唇が少しだけ開く。そこから発せられる言葉を聞く前に、ゲープハルトの頭が傾いた。

軽く触れただけの唇に、細い肩が揺れる。すぐに離れて見つめれば、その目に怯えがなくて心が弾んだ。

身体はすでに熱く、すぐにでも先に進みたくて焦っているのに、心はもっと味わいたいと興奮を抑えつける。いや、興奮しきって、麻痺しているのかもしれない。

もう一度顔を傾ければ、触れる直前にクリスタの瞼が落ちる。薄く開いた唇は、続きを待っているようで、ゲープハルトは深くそこに吸い付いた。

「……っん」

苦しげな声が聞こえたのは一瞬で、何故だか甘く感じる口づけに夢中になって何度も貪った。

唇を食むように重ねて、迷わず舌を潜り込ませる。クリスタの口腔の奥で震えている舌を見つけて、すぐに搦めとった。すべてを舐めたかった。できるなら食べてしまいたい。

顔の角度を変えながら何度も深く口づけているうちに、腕の中で肩をすくめるようにしていたクリスタの手が、ゲープハルトの腕を握り締めている。それは抵抗というより必死にしがみ付いているようで、思わず笑みが浮かんだ。

「……ん」

ゆっくり唇を離すと、開いたままの唇から吐息が零れる。ゲープハルトを見上げるクリスタの表情が変化していた。

頬は薄く色づいて、綺麗な目は潤み、眩しそうにゲープハルトを見つめている。濡れた唇が自分のせいだと思うと堪らなくなって、もう一度唇を押し付けた。

「んっ」

見下ろすそこにはもう怯えた顔はない。

それだけでゲープハルトの心から苛立ちが消えた気がした。

現金な自分がおかしくて、目を細める。

「……これが気に入ったのか？」

「……あ、の」

そんな顔をして、嫌だったとは言わせない。

一瞬で赤く染まった頬は、羞恥からだとはっきりわかる。表情は正直で、何故か本当のクリスタがここにいる気がした。

この顔を見ると、今までの彼女が演技をしていたかにも思える。

「あの、私……っ」

けれどそんなことなどどうでもよくなるほど、身体のほうは欲求を抑えきれなくなっていた。程よく柔らかい身体を軽々と抱き上げ、くるりと身をひるがえして大きな寝台に向かう。

「あ、え、えっ⁉」

クリスタが驚いたときには、彼女の背中は大きく柔らかな寝台に触れていた。その上から覆いかぶさり、有無を言わせずもう一度唇を塞ぐ。

「ん――……っ」

先ほどよりも執拗に、舐めるように口づけを繰り返す。その間にも薄い夜着の上から細い身体をなぞる。

「んっん！」

唇を塞がれている上に、身体をいじられていることに驚いているのか恥じらっているのか。うろたえる様子の彼女を押さえ込み、本能のままに貪った。

腰から胸に手を這わせ、柔らかな膨らみを見つけて手のひらに収めた。ちょうどゲープハルトの手に収まる大きさが心地よい。布越しに頂を撫でると、クリスタの腰が揺れる。その反応が自分の身体に響いて、ますます止められない。

「ん、ふぁ、ぁん」

唇がずれるたびに漏れるクリスタの吐息交じりの喘ぎに、思わず腰を押し付けていた。それが何なのか、クリスタはわからないかもしれない。

ようやく唇を解放して、その頬に口づけ、顎の先から首筋へと滑るように移動する。指先だけで夜着のリボンを解き、燭台の灯りに照らされた胸元の白さに誘われるように顔を埋める。

「あ、や……っ」

恥ずかしさからか、身を捩って逃げようとする彼女の身体を抱え込むようにして押さえ、そのまま胸の先端を探して顔を動かす。

思うだけ貪りながら、それだけでは足りなくなって手で下肢を探った。

夜着の裾を捲り、脚を撫でながらその付け根に手を入れようとすると、抵抗を思い出したのか、クリスタの手がそれを押さえるように重なった。

けれど細い手で止められるはずがない。

「や、そこ、だめ……っ」

「駄目？」

「や、だ……っん」

「どこが？」

硬くなった胸の頂を舌で転がしながら、太腿の内側に手を差し込む。付け根にすぐ指が触れて、下着がないことに思わず笑ってしまった。

「ど、こ……って、あっ！」

「ここか？」

指で秘所を掠(かす)めると、クリスタの腰が浮いた。触れた指が濡れていることに、ますます目を細める。

女性を抱くのが初めてなわけではない。どうすれば、よくなるのかくらいはわかる。

けれど今以上に、嬉しかったことはない。

クリスタの身体がゲープハルトを受け入れていると思うだけで、達することができそうだった。

それでももっと楽しみたくて、ゲープハルトは身体を起こし、裾を捲って脚の間を覗き込もうと身体を屈める。

「だ、めっ！」

寝台に押さえつけられていたクリスタが何をするのか察知した瞬間、手を伸ばし裾を押さえて抵抗を見せる。

「そこは舐めるとこじゃないです！」

「……じゃあどこを舐めればいい？」

「――っ！」

意識して言った言葉ではないのだろう、クリスタは一気に顔を赤く染める。けれど反対に問い返すと、声を失くした。

身体の中心は隠せていても、すらりとした脚はゲープハルトの視線を奪っている。

躊躇わず左足を取って、そのつま先に口づける。

「あ……っ」

「ここか」

「や、あ……っちが、んっ」

そのまま足の甲を食むように舐めていくと、内くるぶしに舌が触れた瞬間にびくりと身体を揺らした。

その反応がよくて、もう一度そこを舐める。

「あ、んっ」

「……ここか」

「んん……っ」

ちゅっと音を立てても、クリスタは肩をすくめて身を捩る。けれど脚を捕まえられているせいで、逃げることはできない。

下から見上げるクリスタが、恨めしそうに睨んでいる。

その視線が心地よくて、もう片方の手で右足も持ち上げて同じ場所を舐めた。

「ん……っ」

身体の中からの反応を堪えようとする姿に、もっと乱してみたくなる。

「ここがいいのか」

「あ、あ……っ」

左足のほうが感じるようで、そちらを舌で舐めながら、右足のくるぶしをゆっくり指で回すように撫でる。

こんな身体の端ですらここまで反応してくれるのを見て、この先どれほど感じてくれるのかと楽しみになり、ゲープハルトは時間を忘れてクリスタの身体に溺れていった。


クリスタを気持ち良くさせるためだけに、必要以上に時間をかけた。

ゲープハルトは自分も一緒に、と何度も思った。しかし同時に、羞恥と快楽で表情が緩んだクリスタをもっと見ていたい、という欲望を止められなかった。

もちろんすぐに自分が果てたい欲がないわけではない。それでもクリスタが、絶望を感じていたような顔から気持ち良いと訴える表情に変わったことが、嬉しくて堪らない。

結婚が決まってから、ゲープハルトをどう想っているのかがわからなかったから尚更、嫌だと言わないことが嬉しいのだ。

執拗に、クリスタの感じる場所を見つけては攻め立てているせいで、恨めしそうな目を向けられるが、そんな顔はゲープハルトを煽(あお)るだけだ。

秘所は充分に潤(うるお)っていて、何度も達した身体は抵抗する力さえないのだろう。

だがここからが本番だと言わんばかりにそこに吸い付く。悲鳴のような甘い声を聞くだけで、ゲープハルトは自分の性器が漲(みなぎ)っていくのを感じた。

「ひぅ……っ」

「……柔らかいな」

指を差し込むと強く締めつけられる。滑らかに動くそこは柔らかいとしか言い表せない。

自分の服装もいつの間にかさらに乱れていた。半分下ろした状態のトラウザーズも脱ぎ捨て、膝を立たせたクリスタの腰に進み寄る。

ここに挿れたい。

深くまで押し込み、何度も突き上げたい。

本能に煽られながら鈴口だけを挿れると、クリスタが無意識に腰を上げた。

その動きは拒否しているわけではないとわかっているから、このまま押し込みそうになったが、ゲープハルトは視線を周囲に彷徨わせた。

寝台横にある小机に、水差しとグラス。そして同じトレイに小さな硝子瓶がのっていることに気づいた。今気づいた自分に、どれだけ周囲が見えていなかったんだと、呆れながら手を伸ばしてその小瓶を取る。

蓋を開けて鼻に寄せると、微かに甘い香りがする。香油のようだ。

ここまでの反応から、クリスタが指示したとは思えなかった。これを誰の指示もなく準備しているあたり、この屋敷の使用人たちはやはり手際が良いのかもしれない。さすがヴェーデル侯爵家だと思いつつ、ありがたく香油を手に流した。

「ん、んぁん……」

一度自身を引き抜いて、香油で濡らした指でクリスタの秘所を撫でる。そのまま誘われるように襞の中に滑らせて、指を中に埋めた。

「ん、ん……っ」

生理的なものなのか、涙を浮かべながら目を細めて耐えるクリスタに、さらに深く指を埋め込む。

「あ、あっ」

指を二本にして、入るところまで押し入れた。

驚くように目を瞠ったクリスタだが、痛みを感じてはいない様子に、中で指を動かしてみる。

「んぁ、あっあ、やぁ……」

緩く頭を振るものの、抵抗はない。

この香油、優れものだな、などと考えながら、ゲープハルトは指を抜き、クリスタの脚の間に自分の腰を落ち着ける。

自分の視界すべてにクリスタが淫らに映っていることが堪らない。

先ほどよりも滑りを帯びた襞に鈴口を擦りつけてから、硬く張った性器が徐々に埋まっていくのを見下ろす。

「あ、あ、あっ」

半分を過ぎてから、上体をクリスタのほうへ倒して、何かを憂うような表情を見せる彼女の顔に近づいた。

「……クリスタ」

「あ、あ……っゲー、プ、ハルト、さま……っ」

最後の一押しに、初めて苦しそうに顔を歪めたが、全身を震わせながら耐える姿に、ゲープハルトの背中がぞくりと震えた。

「クリスタ」

もう一度名前を呼ぶと、溢れる涙を止められない目で、ゲープハルトを見上げている。敷布を握り締めている細い手を取り、指を絡ませて顔の横へ押さえつけた。

「あ、あ……っ」

そのまま腰をゆっくりと回すと、ゲープハルトの腰を挟(はさ)んだクリスタの脚に力が入り、さらに締めつけてくる。

「ん、んっんぅ……っや、だめ……っゲープハ、ルト、さまっ」

「……嫌か」

顔を寄せて啄(ついば)むように唇を奪うと、開いて受け入れようとするが、彼女からの答えを知りたくてゲープハルトは口づけを止めた。

クリスタが何かを求めている。

それが知りたい。

ようやく繋がったのだから、もっとじっくり味わっていたかったし、彼女を理解したかった。

すでに、すべて吹き飛ぶほど気持ちがいい。

相手がクリスタだからなのかはわからない。けれど、この時間をずっと続けていたい。

逸りそうになる気持ちを必死に抑え、腰をゆっくりと揺らし続けるゲープハルトに、クリスタは首を振った。

「だめ……っだめ、あ、やぁだ……っはじけちゃう……っ」

「――――」

必死で堪える苦しそうな表情に、ゲープハルトのほうが限界を迎える。

「ひあぁぁっ!?」

ぐっと強く最奥まで押し込むと、繋いだ手を解いて細い腰を掴み、速い抜き差しを始める。

「あっあぁっや、なん、あぁぁっ」

柔らかな肌に指が埋まるほど強く掴む。

傷をつけるつもりはない。

けれど、おかしくなるほど焚き付けられた欲望が、理性など叩き壊して本能に従えと煽ってきて、全身が猛っている。

「クリスタ……！」

「ぃや、あっあぁあっやっ、あぁ……っ」

クリスタにしてみれば、突然の激しさに振り回されるのだから不安すら感じているのかもしれない。

けれどこの激情を一度治めなければ、ゲープハルトにも収拾がつかなかった。

最後には、悲鳴のような掠れた声を上げて意識を飛ばしたクリスタに、それでも満足できず腰を叩き付け、ようやく中に熱く吐き出した。

「……っは、あ……っ」

全速力で走ったあとのように肩で大きく息を繰り返しながら、寝台に四肢を投げ出し淫らに濡れたクリスタを見て、達したばかりだというのにゲープハルトはまた煽られていた。

「……これは、俺がおかしいのか？」

ゲープハルトは、許されるならこのまま朝まで抱いてしまいたいと思っていた。

しかし近衛隊で鍛えられた騎士であるゲープハルトと、今まで領地に引き籠もっていたクリスタとでは、体力が違いすぎる。

これ以上は抱きつぶしてしまいそうだ。

ゲープハルトは、今夜はここまでだと後ろ髪を引かれながらも諦めた。

けれど、クリスタを自分のものにした充実感には溢れていた。

理想の妻像とはかけ離れているが、他の女性ではこんな気持ちにはなれなかっただろう。

つまり、ゲープハルトはクリスタを望んでいた。

少々おかしな言動はあるものの、その容姿は立っているだけでゲープハルトを惹きつけ、腕に抱くだけで興奮させる。

この想いは即物的なもののような気もするが、間違えようもない本心だった。

あとはクリスタが自分をどう思っているかが知りたい。

あれほど初対面から迫ってきたのだし、結婚を望んでいたのだから、ゲープハルトのことは好きではあるのだろう。

けれど、あまりにお互いを知らなすぎる。

クリスタは、これまでいったい何をしてきたのか――彼女の過去をツァイラー家の力で調べてもよかったが、ゲープハルトはクリスタの話が聞きたかった。

目を覚ましたら、クリスタと話をしようと決めた。

結婚してからする話ではない気がするが、ふたりには必要なことのはずだった。

そう決心すると、ゲープハルトは細く美しい身体を腕に抱き、収まりきらない欲望を抑え込みながら、眠りについた。

＊

「顔が赤い。暑いのか？」

「……い、いいえ」

広さはないものの上品な調度品で設えた朝食室は、寝室に近い二階の一角にある。大きな窓から朝の心地よい陽が降り注ぐ、とても爽やかな空間だ。

同じテーブルについたゲープハルトから顔の赤さを指摘され、クリスタはどうにか返事をした。

けれど本当の理由など口にできるはずがない。

「気分が悪いのか？」

「……い、いいえ」

もう一度首を横に振りながら、クリスタは機嫌の良さそうなゲープハルトから視線を外し、どうしてこんな状況になっているのだろうと考えた。

今朝、クリスタは目を覚ますと、手慣れた様子の侍女に言われるまま湯浴みをして身体を清め、新しい衣装に着替えた。

新しい衣装といっても、コルセットで締めつけるドレスではない。誰にも会わず、どこにも行く必要のない日に着る部屋着だ。簡易なものでひとりでも着られる。そして動きやすい。けれど素材と作りは職人のこだわりがつまっているような豪華なものなので、外での仕事には向かないだろう。

だがそもそも、ここで外仕事などできるはずがない。

立派な庭があったとしても、貴婦人というものは平民と同じ格好をして畑仕事などしないものだ。

領地であれば、クリスタのすることはある程度黙認されていたし、長く付き合っている領民たちは、クリスタのことを貴族だと考えず接してくれていた。

けれどここは、庭があっても王都のど真ん中だ。いったいどこの貴族が使用人たちに交ざって外仕事などできようか。

ゲープハルトに対し、まさに厚顔無恥という言葉通りの行動をしてきたクリスタは、正直社交界での評判など気にするつもりはなかった。

どうせすぐに領地に引き返し、そのまま一生隠遁者のように、けれど自分の中では幸せに暮らすつもりだったからだ。

だが結婚してしまったクリスタには、もう隠れるところもない。大目に見てくれていた親の保護下にもない。夫の面目を保つため、そんなことなどしてはならないとわかっている。

いや、その夫に、クリスタのしてきたことを知られるのが怖い。

怖い、と思う自分が不思議だったが、これまでのように誰にどう思われても気にしないでいられる自信がなかった。ゲープハルトが自分をどう思っているのか、どうしようもなく気になる。

今顔が赤いのは、夫となったゲープハルトのせいだ。

あんなことを、するつもりは——

昨夜のことをところどころ思い出すだけでも、どこかに隠れていた羞恥心というものが全力で表に出てくるようだった。

結婚して行う営みを、クリスタも知らなかったわけではない。独り身を貫く予定だったとはいえ、二十二歳まで生きてきた女である。母のフィリーネや家庭教師たちから一通りは聞いている。

しかしそんな知識はただの知識でしかなかった。

ゲープハルトに終始翻弄（ほんろう）され、まさに痴態（ちたい）という姿を晒（さら）したことに、クリスタが恥ずかしさを覚えないでいられるはずがない。

他の人たちは、この恥ずかしさをどうしているのか。

とてもじゃないが、平気な顔でゲープハルトの前にいられない。

クリスタは結婚式の日まで、まるで断頭台に上がっているような気持ちでいっぱいだった。

ゲープハルトに望まれていないくせに結婚してしまう。それを変えられない自分が情けなくて、不安と罪悪感に苛まれ、いっそこのまま修道院に駆け込んでしまいたいと思ったことも一度や二度ではない。

北にある修道院は男子禁制で、逃げ出したい女性の行きつく先と言われている。どんなものからも逃げ出したい女性には安息の地だが、代わりに二度と外に出ることはかなわない。

それでも。好きなことができず、家族にも会えず、ひっそりと生きることになっても、そこに行ってしまいたい、と心底思った。

けれど、クリスタを最もよく知る弟は、姉の心情など見抜いているかのように「逃げ出すのは、もう駄目だよ」と落ち着いた声で諭した。

わかっている。

自分のしでかしたことの後始末は、自分でしなければならない。

思うようにならなかったからと言って、逃げ出してしまっては、弟や両親、仲良くしてくれた領民たちにも顔向けできない。

なにより、結婚を押し付けることになってしまったゲープハルトに申し訳ない。

しかしクリスタは、あまりにもゲープハルトの理想とは違う。

そのことを知ってしまったから、クリスタは自分の過去を知られることで、さらにゲープハルトに嫌われることが怖かった。

自分のしていたことが貴族のすることではないのは、親に言われるまでもなく理解している。それを知られたとき、どれほど蔑まれるか、想像するだけで辛くなる。

そんな情けない気持ちと闘っているうちに、両親は逃げ道を塞ぐようにあっという間にすべてを決めてしまっていた。

王都にある新居は、クリスタの好みに合わせた素晴らしい家だった。

使用人たちも、父であるヴェーデル侯爵が厳選しただけあって、何もかもそつがない。

彼らなら、ゲープハルトも満足してくれるだろう。安堵できたのはそれだけだ。

結婚式では、無理やり結婚させられるゲープハルトの気持ちを思うと目の前が真っ暗になって何も考えられなくなった。

あんなにクリスタを嫌っていたのに。

嫌いな女と結婚せねばならない彼のこの先の人生は、きっとクリスタよりも黒く塗りつぶされているはずだ。

結婚式で久しぶりに会った顔は、苦渋に満ちていた。

儀礼服はとても似合っていたが、その不機嫌な顔は重苦しい空気をさらに重くしていた。

ゲープハルトの表情はもっともだが、クリスタもそれに気圧されて零れそうになる涙を止めるのに必死だった。

それに気を取られて、気づけば腕の良い侍女たちに身ぎれいにされて、ゲープハルトのいる寝室に立たされていた。

そこで待っていたゲープハルトは、この日で一番機嫌が悪く見えた。

やはり、この結婚は駄目だったのだ。

すでに嫌われているのはわかっているが、面と向かってそう言われることが怖い。

身体が強張って逃げ出すこともできずにいると、ゲープハルトに手を伸ばされ、動かずにはいられなかった。

そして温かな腕に抱かれたとき、初めて抱擁された瞬間を思い出して、身体の中の澱(よど)んだ感情が蒸発したように、胸が高鳴った。

あまりに動悸が激しくて、苦しさを覚えたほどだ。

その先の記憶は、曖昧だった。初めての口づけに思考が溶かされたようになり、上手く考えることができなかったからだ。

けれどそこからゲープハルトの表情が一変したように思う。驚いたものの、何があったのかクリスタはわからず仕舞いだ。

いつの間にか寝台の上に倒されていたし、楽しそうに苛めてくるゲープハルトに翻弄され続けたからだ。

そう、苛められた。

そう言ってもいいくらい、ゲープハルトに思い切り泣かされた初夜だった。

あんなに泣いたというのに、嫌でないと感じている自分に気づいているからこそ、羞恥が増すのだ。

いつ眠ったのかも覚えていないが、最後にはずいぶん乱れ、夜着すら身に着けていなかったはずだ。だが今朝目を覚ましたときは、逞しいゲープハルトの腕の中にいて、ちゃんと夜着を着ていた。身体はさらりとしていて、昨夜の乱れなどなかったかのようだった。

それはつまり、ゲープハルトが整えてくれたということになる。

ゲープハルトの痕が残る身体を侍女に見られたことはもちろん恥ずかしかったが、ゲープハルトにすべてを見られ、自分の知らなかった初めての感情を教えられ、身体がひとつになる瞬間を覚えさせられたことのほうが、恥ずかしくて堪らない。

なのに、起きてからずっと羞恥に震えているクリスタに対し、ゲープハルトは何もなかったかのように涼しい顔で席に着いている。

不機嫌な顔をしているときすら、整った顔は美しかった。けれど、穏やかな顔もクリスタの心を乱すほど綺麗で、自分との感情の差に憎らしさも感じる。

怒っても仕方のないことだし意味もないが、せめて気持ちをぶつけてみようと睨んでみれば、にこりと笑顔を返される。

「――――!」

いったい、なんで、どうして。

クリスタには、そんな顔を向けられる理由がわからない。

まるで何かを企んでいるのではと不安にすらなる。混乱しているクリスタを、その笑顔で取り込んでおかしくしてしまおうと企んでいるのかもしれない。

けれどゲープハルトは侍女たちがテーブルに朝食を並べている様子を前にして、何でもないように口を開いた。

「クリスタは、領地で何をしていたんだ？　社交界に出なかった理由は何かあったのか？」

日々土をいじって作物の研究をしていました。常に愛想笑いを浮かべて人の顔色を窺って、理解できない話に間違えないように相槌を打つことを放棄して、手を掛けただけ良いものができる作物のために朝から晩まで働いていました。そのほうが楽しかったからです。

頭の中できちんと答えを出しているものの、それを口に出せるはずはない。

いったいどこの貴族が、領民に交ざって作物の品種改良に頭を悩ませたり収穫量の多寡を考えたり汗を流して働くような令嬢を好むというのだろう。

クリスタは、目の前の笑顔を憎らしいと思いながらも、この笑顔が曇るのは嫌だとも感じ、視線を何度も彷徨わせ、やがて口を開いた。

「……ひ、引き籠もっていました……」

我ながら、まったく何という中身のない答えだろう。

満足な返答すらできない自分に憤りを感じるが、ゲープハルトはあまり気にしていない様子で質問を重ねた。

「それだけか？　何もせずに？」

「……え、えと」

穏やかな声に、クリスタはどこまでなら答えても嫌われないか、蔑まれないか、と必死で考えた。

「……花、を」

女性なら花を愛でてもおかしくはないし、嫌いな人もいないはず。

ゲープハルトは嬉しそうに頷いた。

「花が好きなのか……それなら庭にたくさん植えよう」

「あっそれなら——！」

自分で植えたい、と言ってしまいそうになるのをすんでのところで止めた自分を褒めたい。

けれど、言いかけた言葉の続きを、ゲープハルトが首を傾げて待っている。躊躇った末に、クリスタは恐る恐る口にした。

「……それは、私が、植えても？」

「ああ、そうだな。好きならやってみるといい」

クリスタは、ここ一ヶ月の中で一番顔を輝かせた。

言ってみるものだ。ゲープハルトはなんて優しいのだろう。

「ありがとうございます！」

「…………ああ」

嬉しい気持ちそのままにお礼を言ったが、ゲープハルトの反応は何故か鈍いものだった。焦ったが、一度出てしまった言葉は取り戻せない。けれどゲープハルトは気持ちを切り替えるように、食事を促した。

「美味しそうだな。冷めてしまう前にいただこう」

クリスタはふたり分には多い量の朝食を前にして、自分が空腹なことに気づいた。

そういえば、結婚が決まってから気持ちが常に不安定で、満足に食事をとった記憶がない。けれど今朝はこれまでにないほどすっきりとした目覚めで、以前のように朝から食事をとりたいと思った。

領地では、夜更かしをすることもなく、日中は身体を動かして働いていたクリスタは、おそらく貴族の女性の中で一番健康だったに違いない。だからよく食べていた。

目の前に並べられた料理は少し多いくらいだったけれど、とても美味しくて、領地にいたときと同じように身体が欲するだけ食べた。

それを真正面から見つめられていることなど、まったく気づかなかった。

ゲープハルトは身体が大きい分、クリスタより食べていた。

たくさん食べる人が好きだ。

クリスタはそう思っていたので、さっきまでの気まずさなど忘れるほど、この時間を楽しんでいた。

だからゲープハルトの次の問いかけに、意表をつかれた。

「結婚は考えていなかったのか？」

「めんど……」

面倒そうだし一生ひとりでいたかったし楽しい生活を壊したくなくてすごく馬鹿馬鹿しい計画を立ててしまうほど考えていませんでした。

思わず正直に答えてしまいそうになるのを、表情を凍らせて押しとどめた。ゲープハルトの笑顔は侮れない。背中に冷たいものが伝う。

もしかして、こちらの気を緩めて粗(あら)を見つけようとしているのかもしれない。

クリスタは、自分よりも年上で人生経験も豊富な、夫となった相手を改めて考えた。

この結婚を受け入れたのは、おそらくクリスタが侯爵家の娘だったからだ。国内でも高位にあるヴェーデル家の父は、娘に甘い。この歳になるまで独り身でいることを許していたのだから、誰でもわかる事実だ。

いくら名の知れたツァイラー家といえども、子爵は子爵。大きな理由もなく断るには差がありすぎたのだろう。

何が気に入られたのかはわからないが、ゲープハルトの家族が受け入れてくれたからこそ、ヴェーデル家の強行する早急な結婚が現実となった。

ヴェーデル家は、とにもかくにもクリスタを結婚させたかった。

成人した弟のヴィンフリートが後継のことも考えて結婚相手を探すにあたり、いつまでも領地に小姑がいるのでは都合が悪い。

優しいヴィンフリートはクリスタがいても怒りはしないだろうが、結婚相手の女性が受け入れるかどうかは別の話だ。そのくらいの状況は、クリスタも理解している。

けれどクリスタが考えていたのは、それを踏まえた上で結婚や貴族との付き合いから逃れる方法だったはずだ。結婚して落ち着きたかったわけではない。

そしてそれを知られると、クリスタは自分の立場が悪くなることも理解していた。

ゲープハルトに弱みを握られるのは駄目だ。

望んだ結婚ではないゲープハルトは、もしかしたら離婚する理由を探しているのかもしれない。

こんな結婚をさせてしまったことに、クリスタは罪悪感がある。

だからゲープハルトが別れたいと言えば、その通りに従うのが正しい判断のはずだ。

けれど、ゲープハルトの笑みが怖い。何か罠にはめられている気がするのだ。

クリスタは、今は隙を見せるときではないと判断した。お腹いっぱい食べたことで、活力が湧いてきて、以前の笑顔を思い出した。

「……ゲープハルト様という運命の方にお会いするのを待っていたからです！」

「……ふぅん？」

「…………」

あれ、何か間違えた？

クリスタは笑顔のまま固まってしまうほど、ゲープハルトの表情に不安を感じた。

それまでのにこやかなものではなく、何か面白いものを見つけた、というようなにやりとした笑みの相槌だったからだ。

「じゃあ、待ち続けてくれていた妻に、俺は報いなければならないな」

差し伸べられた手に、やっぱりクリスタは何かを間違えたようだと、遅ればせながら気づいたのだった。

五章

朝食室は、天気の良い外からの日差しで充分明るさを保っていた。

朝の光の中で見るクリスタも、やはり美しい。

美味しそうに食事をとる姿も、ゲープハルトには気持ち良いものだった。

体形を気にしたり、あまり動かないからという理由で小鳥のエサほどの量しか食べない一般的な貴族女性の食事は、あまり好きではなかった。

体を動かす仕事ということもあり、ゲープハルトは多く食べるほうだし、美しいけれど貧弱な女性よりは、健康的で活力に溢れた女性のほうが、やはり好みだ。

そう思うと、細いけれど溌剌(はつらつ)とした表情や活力に溢れた動きをするクリスタは、とても健康的で、ゲープハルトの好みに当てはまるのだろう。

また、嬉しそうな笑顔も好きだけれど、昨夜のような恥じらう姿もゲープハルトの欲望を煽り、堪らなくさせる。

だからこそ、朝食室の小さなソファに座り、その膝の上にクリスタを乗せていた。

「……あの」

「うん？」

訊きたいのは、どうしてこんな状態になっているか、だろう。

食事を終えてすぐ、給仕をしていた使用人たちはすべて下がらせてあるから、ふたりきりだ。

それでも落ち着かない状況に戸惑っているのはよくわかったが、ゲープハルトはあえて違う返事をした。

「ああ、今日は休みをいただいている。さすがに、婚礼の翌日に妻を放置するのはどうかと思ってね。だから一日中、君の相手をしていられる」

「あ……う、え？　えっと……私」

つまり一日、こうしていても構わない。

クリスタは状況を理解したのか、理解したくないのか、動揺したまま視線を彷徨わせ、最後には逃げ出す決意ができたのか、膝の上から立ち上がろうとした。

「クリスタは、俺の相手をするのが嫌だと？　結婚したいと望んだ相手なのに？」

「…………！」

ゲープハルトの言葉に、逃げ出そうとしたクリスタが固まる。恥ずかしさからか動揺からか、頬を真っ赤に染める。

そして何かを誤魔化すように、必死で言葉をしぼり出した。

「あの……私は、その、いやなわけではなくて、ただ……あの……」

必死になっているクリスタには取り繕った様子がない。本当に困惑しているようだ。こちらの意思を確認せず、押し迫って来ていたクリスタの笑みを思い出すと、あれが演技なのかもしれないと思うくらいだ。

けれどゲープハルトに好意を寄せる演技をする理由がわからない。

ヴェーデル侯爵家の令嬢であったクリスタは、正直どんな相手でも結婚できただろう。ツァイラー子爵家の後継でもないただの次男という立場で、護衛騎士ではあっても、他にも高位の者が大勢いる近衛隊からゲープハルトを選ばなければならなかった理由が思いつかない。

でも、この慌てる様子が、クリスタの心に直接触れているようで、ゲープハルトは正直に喜んでいた。

もっと、触れていたい。

赤い顔を覗き込むように顔を近づける。

「嫌ではないなら、何だ？」

「…………」

「うん？」

口端を上げて返事を促すと、恥ずかしそうに目を逸らしていたクリスタが、ちらちらとゲープハルトを窺い見て、最後には恨めしそうな視線になる。

「……ゲープハルト様は、いつからそんな口調に？」

今気づいたようだが、改めてする質問でもなければ、今しなければならない質問でもない。けれどクリスタの恥じらいからの小さな抵抗が楽しくて、ゲープハルトは答えることにした。

「君は俺の妻になった。もう侯爵令嬢ではない。妻に畏（かしこ）まるのもおかしな話だろう？　それともクリスタは……傅（かしず）かれることがお好みでしたか？」

最後に欲を隠さない笑みを込めて囁いてやると、クリスタは耳まで真っ赤になっていた。

それが面白くて、つい噴き出すのを我慢できなかった。

笑われたことが気に入らなかったのか、クリスタは赤い顔に怒りを加えて、強くゲープハルトを睨む。

「……ゲープハルト様は、意地悪ですね！」

「意地の悪い男は、お嫌いですか」

クリスタの返事はわかりやすかった。答えを口にすることができないから、逃げることを選んだようだ。

　ゲープハルトの膝から勢いよく立ち上がろうとしたが、それは許さなかった。ようやく手に入った存在を、逃すはずがない。

「……っだめ！」

　慌てて手を伸ばしたクリスタの抵抗を遮り、彼女の腰を摑んで浮かせると、簡単に逃げられないようにゲープハルトの膝を跨がらせた。

　そうして腰の後ろで手を組み、逃げ場を失くす。

「何が駄目だって？」

「……っ」

　至近距離で、さらに唇を寄せて囁くと、クリスタは顔をどうにかして隠そうと俯く。そんな彼女の耳に口づけを落とした。

　熱いと感じられるほど、耳も火照っていた。

「――だめぇ……っ」

「何が駄目なのか、はっきり言われないとわからないな……」

「だか、ら……っゲープハルト様は、意地悪なんです！　もう、もう、子どもじゃないんだから、もう、大きな大人なんだから」

　狭くなった腕の中でどうにか離れようと身を捩って抵抗するクリスタは、冷静さを必死に保とうとしているようだが、ゲープハルトを煽ることにしかならない。

これが無意識なのだとしたら、強引に迫ってきていた以前よりも、性質が悪い。

「もう大きくなっている」

「え？」

言葉の意味がわからなかったのか、子どものようにきょとんとしたあと目を瞬かせたクリスタに、身体で教えようと腰を揺すり、熱くなった昂ぶりを押し付けた。

「――――っ」

クリスタに触れて膝の上にいるというのに、反応しないはずはない。

すでに臨戦態勢というほど昂ぶっているゲープハルトに、ようやく理解したという表情でうろたえるクリスタは、逃げることも忘れて固まっていた。

「……昨日は一度しかできなかったから」

「いち……!?」

クリスタが動けないのをいいことに、緩い部屋着の裾から脚を伝い、ドロワーズの縁に触れる。

今日は穿いているのかと、少し残念な気持ちになった。

けれどこの薄い布で、ゲープハルトを退けることはできない。

動揺したままのクリスタは、この状況にまだ反応できずにいるようで、ゲープハルトの手が部屋着の下で動くのをただ見つめていた。

遠慮なくドロワーズの中に手を差し入れ、昨日散々にいじった秘所に触れる。

「……っ!!」

「痛みは？」

割れ目から襞を探るように手のひら全体で愛撫し、中指の腹をその中に押し付けるようになぞった。

「あ……っ!?」

驚いて目を瞠ったクリスタが思わず上げた声に、ゲープハルトは意識を散乱させる。自分の欲望を押し進めるより、クリスタの身体も気持ちも柔らかくしたくて、薄く開いた唇に口づける。

「……っん！」

軽く食んだあとで、間近で目を覗き込むと、綺麗な茶色の瞳がゲープハルトを見つめ返していた。

「……君は口づけが、気に入っているな」

「……っ!?」

驚いたクリスタが何かを言う前に、その唇を完全に塞いだ。

強く吸い付いたあとで、小さな口に舌を入れて口腔を舐めつくす。

「ん……っんっ」

その間も、休まず秘所を指先で愛撫し続けると、じわりと濡れてくるのを感じた。

口づけが良かったのか、秘所への愛撫が良かったのか、そのどちらもか。とにかく、指が埋まるほどには解れて、その熱はゲープハルトを充分に誘った。

「ん、んぁ、あっ」

眉根を寄せた苦しそうな顔は、しかし色艶が良く、これで嫌がっていると言われても信じられない。恥じらいを感じながらも高まる身体に引きずられているクリスタは、確かにまだ混乱しているのだろう。

けれど、ただじっと見ているだけでいられるほど、ゲープハルトは冷静ではない。

「んん……っ」

一度指を引き抜き、クリスタを落とさないように支えながら、ドロワーズをずり下ろす。

これでゲープハルトを受け入れる準備は整った。

ゲープハルトは素早く自分のトラウザーズの前を寛げて、痛いほど硬くなった性器を取る。

そこへクリスタの熱い秘所を押し付けて腰を揺さぶってやると、滑りを帯びてさらに猛る。

顔を近づければ、クリスタは縋るように手を伸ばしてきて、自分から唇を受け入れた。

「ん、ん、あ……っ」

クリスタの腰を支え、上を向いた性器の先に当てる。そしてゆっくりと、その襞の中に先端を埋めていった。

「あ、あ——……っ」

「……っ」

中は息を呑むほど、狭くきつかった。

けれど思わず腰が震えるほど熱く、心地よい。

まだ二度目だというのに、ゲープハルトはクリスタに溺れているのだ。

そのまま完全に自身を沈めてしまうと、ドレスで隠れている場所がぴったりと重なっていることが分かり、更に気持ちを煽る。

「ん……んっ」

震えながら目尻に涙を浮かべるクリスタに、痛むのかと焦るが、引き抜くことなど考えられない。ゲープハルトは身勝手な自分に呆れた。その分、優しさを込めて声をかける。

「クリスタ？　苦しいのか？」

「……んっ」

クリスタは小さく頷きながら、自分でも痛みを逃す方法を探っているのか、短い呼吸を繰り返し、ゲープハルトの肩をぎゅっと掴む。

それからゆっくりと瞬いて、滲んでいた涙が頬を伝ったあとで、細く息を吐いた。

「……ん……き、のうより、おっきい……」

そんな言葉を聞かされて、じっとしていられる男などいないということを、クリスタは知るべきだろう。

「んあああああっ!?」

突然の勢いで下から突き上げたゲープハルトに、クリスタは悲鳴を上げたけれど、構ってはいられなかった。

細い身体を力いっぱいに抱きしめ、ただもっと欲しいという本能のままに揺さぶる。

もっと欲しかった。

もっとおかしくさせたかった。

もっと自分を望んでほしかった。

クリスタのすべてを理解したわけではないけれど、ゲープハルトはすでに、クリスタに落ちていた。

この先、クリスタのどんな面を見ても、この気持ちが治まることはないだろう。

自分を本気にさせたことを、まさに身をもって知ればいいと、ゲープハルトは激しく攻め立てた。

「あ、あ、あっゲープハルト、さまぁ……っ」

放り出されそうになるほどの強さに、クリスタが必死で縋ってくるものだから、ゲープハルトは今日は長い一日になるだろうことを悟った。

いや、一日では足りないかもしれない。

とりあえず、クリスタの体力が続く限り、この欲望を止めることはないだろう。ゲープハルトは、濃密な新婚生活一日目を過ごす予定を立てていた。

*

もしかしたらゲープハルトに嫌われていないのかもしれない。

少々楽天的だな、と自分に呆れながらも、クリスタはそう思わずにはいられなかった。

新しい生活が始まって数日が経っても、ゲープハルトの機嫌は良いままだった。

仕事は時間が不規則だそうだが、今のところ朝早くから夜遅くまで宮殿にいる。それまで同じ宮殿内の宿舎に帰るだけだったのが、離れた屋敷に戻るようになったのだ。疲れないはずがない。

けれど、ゲープハルトの顔は穏やかで、笑顔が絶えない。出会って以来、初めてのことかもしれない。いや、自分が怒らせていたという自覚はあるので、優しい今の彼が普通なのだろう。

毎日疲れているだろうに、家にいるだけのクリスタをいたわり優しくしてくれる。

それが、もしかして、とクリスタの気持ちを期待する方向へと向けている。

気持ちが前向きになるにつれ、楽天的なクリスタが、本来の自分を取り戻すのは早かった。

領地では、毎日外に出て、畑仕事に精を出していたクリスタだ。家の中でじっとしていることなどできない。自由にしていいとゲープハルトに言われれば、本当にそうしてしまう素直さがクリスタの長所だった。

さらに、庭に花を植えてもいいという許可をもらえたから、嬉しさと勢いは止まらない。

しかし、領民に交ざって土いじりばかりして生活していた、という事実は、やはり隠し通さなければならないだろう。

いつか知られるかもしれないが、それは今でなくてもいいはずだ。

ゲープハルトの理想の妻像とあまりに違う、嫌悪どころか蔑みすら覚えてもいいくらいの貴族らしからぬ生活。

バレたときを思うと今から胸が苦しくなるが、今の彼は、いつも笑い、クリスタを夢中にさせている。

もう少し、もう少し、とクリスタがこの夢のような生活を望んでも、誰も困らないだろう。クリスタは、日々期待が大きくなるのを止められなかった。

屋敷の庭は、領地の敷地に比べるととても小さいけれど、草木が植えられ綺麗な花が咲き乱れているというだけで心が躍る。

家令のロイターや侍女たちが、陽に当たりすぎないよう心配してくるが、クリスタも領地で好き勝手していたとき、母に言われて日焼けにだけは気をつけていた。外で快適に過ごす方法は身についている。ただその格好は、とても貴族らしくないとも自覚していた。

ここは領地ではない。

大がかりな仕事もできない。

だから装いも貴族としては簡易な服で、汚れても気にならないものだ。領地では平民そのものの格好をしていたのだから、それよりはましな服装であるはずだった。広いつばの帽子を深くかぶり、手袋をして、庭師のところへ向かった。

庭と厩の管理を兼任しているニヒトは意外に若く、けれど仕事熱心な青年だった。クリスタが訊けばすぐに答えてくれるし、こういうものを植えてみたいと言えばすぐに用意してくれる。

もちろん、頼むだけでは満足しない。

使用人たちが止めるのも無視して、自分の手を汚して花の苗を植える。綺麗に咲かせるために、時間と手をかけてあげることが楽しみで面白かった。

父が集めてくれた使用人はクリスタにとって気安い者たちで、頼みごとをしやすいし、言わなくてもわかってくれることが多く、順応性が高かった。つまりクリスタは、この新しい生活がとても楽しくなっていた。

結婚生活など、面白いことなど何もない鬱屈したものに違いない、と思っていたが、明日のことが楽しみで毎日充実している。

それは、ゲープハルトの存在のおかげだった。

送り出し、迎えに出て、ふたりの時間を過ごす。

好きな作物を育てたり、土をいじったりすることだけが楽しいと思っていたが、それよりもゲープハルトの側にいることが嬉しい。

これが、人を好きになる、ということなのだろうか。

今さらだが、クリスタは自分の気持ちを理解して、自分の罪を忘れるほど毎日を幸せに過ごしていた。

今日も夜が更けてから帰宅したゲープハルトを出迎える。

「おかえりなさいませ」

すでに寛いだ部屋着ではあるものの、ゲープハルトを迎えるのは自分の仕事だと思っていた。

「ただいま……休んでいてくれて構わなかったのに」

すでに翌日になりそうな時間だ。

けれど夫を労うのは妻の役目だと思うと、眠ってはいられない。

「大丈夫です。お疲れでしょう？　軽食も用意してありますけど、身体にいいお茶があるんですよ」

部屋で近衛隊の隊服を脱ぎかけていたゲープハルトが、笑顔のまま固まっている。

テーブルでお茶のポットを傾けていたクリスタは、彼がその手元をちらりと窺ったのを見逃さなかった。何を考えているのかはわかる。

以前、半ば嫌がらせの目的で作った「身体によい飲み物」は、とても飲めたものではなかった。臭いを嗅ぐだけでも吐き気をもよおす極悪品だ。

身体に悪いものは一切入っていないが、すべてを混ぜ合わせる必要はない。というより混ぜることで効能を打ち消し合うものだった。

クリスタはそれがわかっているから、思わず笑ってしまった。

「大丈夫ですよ。これはさっぱりとして飲みやすいはずです。お疲れでしょうから、甘みとして蜂蜜を加えているくらいで……どうしました？」

じっと見つめられ、お茶のカップを持ったまま首を傾げる。ゲープハルトは目を据わらせたまま、口元だけ笑みを浮かべた。

不穏な気配だ。

「つまり君は、あれが飲めたものではないと知っていたわけだ」

「……え、ええと、その」

クリスタはほとんどバレていると理解しながら、どうにか誤魔化せないかと視線を彷徨わせる。

すべてを見抜くような強い視線に晒されながらも、どこかに逃げ道がないかと頭を全力で回転させた。

「あれはー……その、身体には悪くないんですよ。だってええととにかく、これは疲れをとってくれる優れものなんですよ！」

途中で言い訳も尽き、けれど自分のしたことを認めるわけにもいかず、温かいお茶を強引に勧める。

飲んでもらえないだろうな、と思っていたが、意外にもゲープハルトはクリスタの手ごとカップを摑み、ぐっと一気に呷った。驚くクリスタに、満足そうな顔をしたゲープハルトはにやりと目を細める。

「俺の疲れをとって、今夜も精力的に働けと言うわけだな。それも夫の務め。妻のためならやぶさかではない」

全力で応じよう、と笑うゲープハルトに、クリスタは自分が不利な状況にあることを察した。

「いやあのそういうことではなくて私ゲープハルト様に休んでいただきたいしお疲れで

しょう!?」

「今、疲れは吹き飛んだ。クリスタのお陰だ。そのお礼として、全力で応えよう」

応えなくて結構です！　というクリスタの叫びはゲープハルトの口の中に消えた。

卑怯だ。

クリスタが、ゲープハルトの口づけに弱いのは充分知っているはずなのだから。

理由を問われてもわからないが、口づけられるだけですべてを受け入れるほど緩んでしまう自分が悔しい。

それに、抱きしめられると胸が苦しくなる。そのうち慣れるだろうと思っていたクリスタの予想は裏切られ、毎日毎回、むしろ回を増すごとに鼓動が激しくなっている気がする。

しかも、クリスタはそれが嫌ではなかった。

躊躇ってしまうのは、いつになっても羞恥心が先に立ってしまうからだ。

ゲープハルトに触れられているとうっとりしてしまうし、身体を繋げることは気持ちが良い。快楽に引きずられてしまうと苦しいくらい良くて、頭がおかしくなりそうだが、やっぱり嫌ではないのだ。

ゲープハルトも楽しそう——というよりも、意地の悪い顔をしているが、当然嫌いになれない。毎日決して同じことなどなく、一向に慣れないから、恥じらってしまうのも仕方なかった。

今日も、きっともう何を言っても、ゲープハルトには勝てないだろう。

ゲープハルトが満足するまで翻弄され、気づけば朝になっているに違いない。

いや、この時間からでは、クリスタが起きるのは陽も高くなった頃だろう。

素晴らしく格好良い夫の仕事は近衛隊だ。伊達や酔狂で身体を鍛えているわけではない。

その体力をもって挑まれるからには一生勝てないままだろうと、クリスタは諦めながらも受け入れるのだった。

六章

国王相手でも遠慮がないため、ゲープハルトはよく国王の訓練相手になっている。

自ら剣を持って戦える軍人でありたいという国王の矜持を理解していたから、ゲープハルトは遠慮をしない。

「お前の弟のほうが楽しいのだが」

ひと通り剣を交えたあとの国王の言葉に、ゲープハルトは呆れを含ませながら返した。

「あれも一応仕事がありますので」

弟とは、すでに結婚した末の弟のことだ。

双子よりも戦闘狂のきらいがあるので、秘密裏に国王の相手をさせたことがあるが、傭兵の喧嘩のようなえげつなさがあって大変お気に召したらしい。

けれど表向きは貴族位を除籍した弟なので、頻繁に宮殿に連れてくるわけにもいかない。

「だが、ゲープハルトも機嫌が良いと意地の悪さが出るからな。なかなか相手は楽しいぞ」

にこりと笑顔で言われたものの、素直に喜べるような内容ではない。

機嫌が良いのに意地が悪いなど、まるで変人のような扱いだ。自分は好き勝手に生きる弟たちとは違い、真っ当なつもりであると言い返そうとすると、周囲の同僚たちが同意の声を上げる。

「確かに。ゲープハルトは笑顔で攻めるからな」

「嗜虐（しぎゃく）的だよな」

「機嫌が良いとさらにな……やはり結婚すると、変わるものなのかな」

「ああ。ゲープハルトは結婚してから毎日機嫌が良いよなぁ」

「奥方はあのクリスタ様だ。毎夜楽しんでいるんだろ」

「まったく羨ましい限りだよなぁ」

ゲープハルトは同僚たちの言葉にさらに笑みを深くした。

「そうか。わかった。貴様らを機嫌良くお相手しよう。そこに並べ。あ、陛下は見ているだけですよ。不参加です」

「なんだと!?」

同僚たちは一斉に顔色をなくして、国王は残念そうに声を上げた。

国王が羨ましそうに見守る中、ゲープハルトは最後まで笑顔で訓練を遂行したのだった。

ゲープハルトも、人に言われるまでもなく自分の機嫌が良いことはわかっていた。

毎日が楽しいからだ。

結婚前は暗い闇に覆われていると思われた未来に、透き通った晴れやかな世界が広がっていた。

想像以上に、クリスタとの生活は面白い。

クリスタがかなりの負けず嫌いだと気づいたのは、結婚して間もない頃だ。

煽れば煽るほど、むきになったり必死になる姿が愛らしい。

ゲープハルトを言い負かそうと頭を働かせ、それに穴があることを突くと悔しそうに拗ねるし、懲りずにまた挑もうとする。

それを受け止めて抱き込んでしまうと、恥じらいを見せながらも抵抗しない素直さが、さらにゲープハルトを惹きつける。

クリスタはかなり単純な女性だ。

社交界に姿を見せず、領地で引き籠もっている深窓の令嬢などと噂されていたのは、本当にただの噂だったなと感心する。クリスタが自分のものになったのは、素晴らしい幸運なのではないだろうか。

元々あったはずの理想の妻像とはかけ離れているというのに、クリスタを思うと、理想のほうが霞んでいく。

クリスタは花が好きなようで、さっそく王都で人気の花を買ってお土産にすると、ゲープハルトの息を止めるような笑みを浮かべた。そんなに嬉しいのかとこちらが驚くほどだった。

輝く笑顔のクリスタが見たくて、ゲープハルトは何度も花を買ってしまっている。

他愛ない言い合いも、甘い睦言に恥じらうのにも、ゲープハルトはとても満足していた。

けれど比例するように、自分の中に独占欲が生まれ、強くなっていくのも感じていた。

それは、屋敷を訪れた双子の弟たちとクリスタが話しているときのことだった。

しばらく王都を空けるからと挨拶に来た双子に対してクリスタは終始笑顔で楽しそうに話していた。弟たちも、クリスタを気に入っているのは初対面からわかっていたが、それにしても馴れ馴れしいほど仲がいい。

さすがに弟たちを疑うわけではないが、その中に自分がいないだけで、ゲープハルトは苛立つ気持ちを抑えられなかった。

まさか弟たちと話すな、笑うな、と言うのもおかしいと、自分がその輪に入ることで気持ちを抑えたが、その夜に激しく攻めてしまったのは仕方がないだろう。

思い出すだけで不機嫌になる始末で、今日の訓練は、指導を受ける近衛隊の下士官たちにとってひどいものになった。

見かねた国王が口を挟み、早退を言い渡したほどだ。

「なにやら気が散っているようだから、今日はもう帰れ」

「別に気が散っているわけでは」

「近衛隊はお前の苛立ちを解消する場所ではない。俺にぶつけてくれるなら問題はないが」

「帰ります」

国王の期待の籠もった最後の言葉は聞き流し、ゲープハルトは早退を決めた。

確かに、不安定な感情はクリスタを見ればすべて解決するのだから。クリスタが自分だけを見ていると実感できれば、ゲープハルトの人生は楽しいものになる。

「この新婚野郎は手に負えないな」などと言う背後の声は気にせず、国王の護衛を他の騎士たちに任せて、ゲープハルトはそのまま宮殿を後にした。

王都は広いけれど、馬車を使って移動しなければならない貴族の女性たちとは違い、ゲープハルトには自分の足で歩いたほうが早かった。

だからこの日も、迎えの馬車などは必要なかった。

今日はもっと長くクリスタを見つめていられる。そう思うと足取りは軽くなったが、宮殿を出る前にふいに呼び止められた。

「ゲープハルト殿」

クリスタの父であり、ゲープハルトの義父となったヴェーデル侯爵だった。

一年の半分を領地で過ごしている侯爵だが、少し前にクリスタが婚礼を挙げたこともあり、まだ王都に残っていたようだ。

早く家に帰りたかったゲープハルトだが、義父の声には足を止めないわけにもいかない。さらにその顔が、どこか真剣味を帯びていれば尚更だった。

「ヴェーデル侯爵、どうされましたか？」

挨拶をすると、微笑み返してくれたものの、ヴェーデル侯爵は周囲に人がいることに気を遣っているようだった。

「お急ぎかな？　少々時間をもらいたいのだが……」

「大丈夫ですよ。では、控えの間のひとつへご案内しましょう」

宮殿のことを誰よりも知っているのは、その場を守る近衛隊だ。

敷地も広く、防衛上の理由から奥に進めば進むほど複雑な造りをしている宮殿を、ゲープハルトは地図も案内もなく歩くことができる。

そしてどこに行けば人気が少なく、周囲を気にせず話せるかということもわかっていた。

ヴェーデル侯爵がほっとして後に続くことに内心首を傾げながら、表門に近いが人のあまり入らない場所にある、控えの間に案内した。

「こちらへ。この時間、この辺りは政務官も通りませんので」

「すまない……あまり大きな声で話すことでもなかったのでね」

「何か、重要な……？」

ひとりで移動できるゲープハルトはともかく、ヴェーデル侯爵に従っているのは落ち着いた従僕がひとりきりだ。その従僕も一緒に部屋に入り、きっちり扉が閉められたことを確認すると、ヴェーデル侯爵は口を開いた。

「本来なら、婚礼のときに話すべきだったのだが……思ったより時間が取れなくて、こんなふうに勤務中に呼び止めることになってしまった。すまない」

「いいえ……私は本日の勤務を終えて帰宅するところですので、お気になさらず。それより、何が……」

実際は早退させられたのだが、細かいことはヴェーデル侯爵も気にしないだろう。

身構えているゲープハルトに、ヴェーデル侯爵は申し訳なさそうに打ち明けた。

「実は、クリスタのことなんだが」

「……はい？」

婿と義父の間柄だ。話すことは当然その間にいるクリスタのことだろうと思っていたからこそ、ゲープハルトは真剣になる。

「クリスタには、本人の資産があって、その運用を……実は君たちに贈った屋敷の家令に任せてある」

「ロイターに……？　いえ、それよりもクリスタの資産、ですか？」

「うむ。嫁ぐ娘に私から贈ったものではなく、クリスタ本人がもつ資産が実はあるんだ」

そのことに、ゲープハルトは素直に驚いた。

クリスタはヴェーデル侯爵家の令嬢だった。ヴェーデル侯爵家は、当主本人はもちろん、その息子も王都での評判が良く、ツァイラー家でひと通り調べたところでも、領地にも何の問題もないようだった。

正直、クリスタのことをそこまで調べる必要はないと思っていた。

だからこその打ち明け話に、ゲープハルトが驚かないはずはなかった。ヴェーデル侯爵もそれを理解しているからこそ、躊躇いつつも続きを話す。

「実はクリスタは、我が領地で改良した作物の種益権を持っていてね」

「種益権を、ですか？」

それはあまり聞かない言葉だったけれど、知らないわけではなかった。

意味はその言葉の通り、作物の種を販売し、その売り上げのいくらかをもらう権利だ。主に、作物の改良をしたり新しく発見した者が持つ。

広大な農地を抱えるヴェーデル侯爵家だ。その領地では古くから作物の改良が幾度も行われ、種益権の数も国内随一だった。そのヴェーデル侯爵の持つ権利を、令嬢が持っていたとしても不思議はない。

ただし、使えばなくなっていく資産や譲り受けた遺産などと違い、種益権はおよそ数十年は続くものであり、その種によっては代々伝わっていくほどのものもある。

そう思うと、クリスタの資産はゲープハルトが想像していた以上のものということになる。

ツァイラー家も、長く王族と国に仕え、資産が少ないというわけではない。しかし多いというわけでもない、普通の貴族だ。それに比べると、クリスタの持っているものは、想像を超えたものなのかもしれない。

真面目な顔のヴェーデル侯爵に、ゲープハルトはこの話の意図を察した。

「……そのことを、クリスタは」

「知っている……知ってはいるのだが、あまりそういったことには興味がないというか、疎いというか……」

困った、と深く息を吐いたヴェーデル侯爵が「だから信用の置ける家令に任せている」と告げる。ゲープハルトは、これまでのクリスタを見てきて、納得した。

負けず嫌いで、面白いほど自由に生活するクリスタ。その行動は、資産があるからというより、自由に育てられてきた天真爛漫さが起源となっているように感じる。

「有益な権利なのでしょうか？」

「……うむ。かなり。クリスタと、その子どもがあと数代続いても、生活に困ることはないだろう」

そんなに、とゲープハルトは目を丸くしながら、ヴェーデル侯爵の思いにも気づく。

「私は、自分の暮らしに不満はございませんので、クリスタの資産はすべてクリスタの生活に使ってもらえればと思いますが」

「いや、クリスタは君と結婚したのだ。君が家令に言えば、その書類を渡すようにしてある。君なら、上手く使い、管理してくれるものと思っているからね」

「それは……」

「私は、ツァイラー家の方々のことをよく知っている。君を信用するのも、ツァイラー家の者であるからだよ」

それはつまり、高位貴族であるヴェーデル侯爵家の信用を失いたくなければ、へまはするな、という意味だろう。

ゲープハルトは、やっかいなものを抱え込んだかもしれないと思ったが、それはクリスタのものなのだ。

婚礼前にこれを教えられていたら、何が何でも結婚を取り止めたかもしれない。

けれど、ゲープハルトはクリスタを知ってしまった。

もっと一緒にいたいと思うし、彼女が他の男と一緒にいることが不快だと思うほどになってしまった。

そのクリスタの持つものを、失くすようなことができるはずはない。

そう思うと、この時期になって告げてきたヴェーデル侯爵もなかなか抜け目のない人物だ。

人柄が良く、貴族の中では珍しいほど好かれているヴェーデル侯爵だが、人が良いだけであの領地を治めていくことはできないのだ。

ゲープハルトは、改めて気を引き締めた。

「わかりました。彼女のことを守るのと同様に、彼女の資産も守ることを誓います」

「頼む」

肩の荷が下りたとほっとするヴェーデル侯爵を、部屋の外へ促しながら、ゲープハルトは最後に気になっていたことを訊いた。

「それで、彼女が持っている種益権はどんな作物なんです？」

「それは……」

ヴェーデル侯爵は一度言葉を切ったあと、面白そうに笑った。

「娘本人に聞いてもらったほうがいいだろう。権利には興味がないが、そういったことは嬉々として教えてくれるだろうから」

「は……？」

いったいどういう意味だ。ゲープハルトを混乱させておいて、ヴェーデル侯爵は足取り軽く、従者をひとり連れて宮殿の人ごみの中へと消えた。

「クリスタが詳しい？」

どうしてクリスタが詳しいのか、ゲープハルトにはさっぱりわからなかったが、本人が知っているのなら、本人に聞きたい。

せっかくもらった時間を無駄にすることもない。ゲープハルトは早足で宮殿を出て行った。

けれどその日、ゲープハルトは彼女に質問をすることはできなかった。


屋敷に帰ると、いつもより早い帰宅に門番が少々驚いていた。

彼らはヴェーデル侯爵が雇った者たちだが、その仕事ぶりにゲープハルトは満足している。

その門番に、クリスタが庭にいることを教えられ、そのまま庭へ足を向けた。

クリスタが屋敷の中でじっとしているより、外で動いているほうが好きなことはもう知っている。帰宅したゲープハルトに楽しそうに話すその内容のほとんどは、庭でのことばかりだったからだ。

母であるフィリーネにくどく言われているから、日焼けにだけは気をつけている、というクリスタの格好を実際に見るのも楽しみだった。

庭へ入ると、確かにクリスタの高い笑い声が聞こえた。

今日も楽しそうだ、とゲープハルトも楽しくなって口元を綻ばせたが、聞こえてきた会話に思わず足を止めた。

「……あら、ニヒト、それはそっちではないの。こちらのほうが良いわ」

「クリスタ様、それではこの部分が寂しくなりませんか？」

「いいのよ。この花はきっと大きくなるから、このくらいでちょうどいいはずなの」

「本当に……クリスタ様の知識は、庭師顔負けですね。俺の立場がありません」

「まぁ、ニヒトがいなくては私が困るの。この先も、もっといろんなものを用意してもらわなければならないのだから。ね？」

「……はい、クリスタ様」

とても仲の良さそうな会話だった。

ゲープハルトからすれば、仲が良すぎる会話だ。

これは本当に、この屋敷の女主人と庭師の会話なのか？

庭師は確か、名前を何と言っただろうか。今も聞いた名前のはずが、ゲープハルトは思い出せない。

名前など、どうでもいいと思ったからだ。

重要なのは、どれほどクリスタと仲が良いか、ということだ。

ゲープハルトが足を進めると、庭の奥でクリスタが大きな帽子を被り、簡易な服装で花壇の傍に座り込んでいる姿が見えた。そのすぐ傍、ほとんど触れる距離に、庭師らしい男が膝をついて同じように手を伸ばしている。

花の苗を、植えているのだ。

ふたりで。

庭師と、クリスタが。

「クリスタ様、この苗は先日頼まれた……」

「あっ！　ゲープハルト様からいただいたあの花の苗ね？　見つかったのね？」

「ええ、切り花を売っているところは多いのですが、苗を見つけるのに時間がかかってしまい、申し訳ありません」

「いいのよ、見つけてくれたのなら！」

「クリスタ様は、この花がお好きなんですね？」

「……うん、ええ、そうね！　好きだわ！　切り花も好きだけれど、ゲープハルト様も苗でくだされればもっと楽しめたのにって思って」

苗を自分で植えるなど、高位貴族の令嬢だったクリスタが、ゲープハルトの妻になった彼女がする行いではない。

けれどそれを楽しそうにするのがクリスタだ。

困惑しつつも見守る侍女たちがいる。

もはや、彼女たちも止めようとは思わないほど、クリスタは自由で楽しそうだった。それを許したのは、他でもないゲープハルトだ。

庭に出てみたい、と願われたのを許した。

庭に新しい花や木を植えたい、と言うのを許した。

庭で使用人たちと過ごす時間を、許した。

それはすべて、クリスタが喜ぶことだったからだ。

クリスタの笑顔と笑い声が、ゲープハルトの耳に響く。彼女のやりたいことなら、何だってやらせてあげたかった。高位貴族の令嬢としては不思議なことだったけれど、それがクリスタだというのなら、何も変えたくなかった。

ゲープハルトは、自分がどれほどクリスタに溺れているのか理解した。そして同じだけ昏い感情と、不快な気持ちが湧き上がるのを抑えられなかった。

何もかもを押し込めて、笑顔であの笑い声の輪に入れば良いのかもしれない。

けれど弟たちとは違う、他の男と一緒にいる姿を見ると、そんな気持ちにはなれない。ただすべての感情を押し殺したような表情で大きく足を踏み出して、あっという間に庭師と笑うクリスタに近づいた。

「あ……旦那様」

「お帰りなさいませ」

先にゲープハルトに気づいたのは、傍で控えていた侍女たちだ。

その声にクリスタが振り向いたものの、ゲープハルトの顔を見るなり不思議そうに目を瞬かせる。

「……ゲープハルト様？」

「クリスタ、何をしている」

思っていたより、低い声が出た。

驚いたクリスタが、自分の手元を見て、それから気づいたように慌てて立ち上がる。

「あ、あの……えっと、これは、ゲープハルト様は、どうしてこんなに早くお帰りに……？」

手が汚れるからか、手袋をしていたクリスタはそれを指から引き抜き、服が汚れるからしていたのだろう土のついたエプロンを隠すこともできず、うろたえたように手で撫でつける。

それが何かを誤魔化しているように見えて、ゲープハルトは胸に痛みを感じながら薄く唇の端を上げた。

「……俺が早くに帰っては、何かまずいのか？」

「そんな、ことは……」

クリスタは、ゲープハルトの機嫌が悪いことを感じ取ったのか、気まずそうに自分の足元や植えたばかりの花の苗、それから庭師の男に視線を彷徨わせる。

いったいその男と何をしていた。

そう詰問したくなるほど、感情が乱れていた。

「あの……ただ、花を、植えようと」

「花など。君が植えるものではない。何のために庭師がいると思っている？　その男は君をいったいどんなことで喜ばせているんだ？」

「……ええ？」

クリスタの顔が理解しかねるように歪み、それから悲しみを堪えきれないように暗くなった。

クリスタは、本当に嘘を吐けない正直な女性だった。表情を笑顔で殺したり、巧みに言葉を操って誤魔化したりする貴族特有の小賢しさが、まったくない。

ゲープハルトが一番好ましいと感じるところだった。けれどそれは、せめて誤魔化してほしいと思っているときには、まったくの短所になる。

そんなに、その男が好きか。

花を与えた自分よりも、苗が欲しいと頼んだ君の願いを叶えたその男が。

ゲープハルトは目を眇め、クリスタと、庭師を見た。

「庭は見苦しくない程度であればいい」

「……でも」

「君の仕事は、庭を整えることではない」

「きゃ……っ!?」

ゲープハルトは土で汚れているクリスタを気にせず抱き上げ、そのまま屋敷のほうへ向かった。

「ゲ、ゲープハルト様！」

「君の仕事は――俺の相手をすることだ」

ゲープハルトはそのまま寝室へ向かうと、寝台の上に細い身体を投げ落とした。

「……っ」

「服を脱げ」

手荒に扱われたことに衝撃を受けているクリスタに一言告げると、ゲープハルトも自分の服を脱ぎ始めた。

まだ陽は高かったけれど、構うことはない。

ゲープハルトが上着を脱ぎ棄ててもまだ動けずにいるクリスタを、さらに睨んだ。

「いつまで汚れた服で寝台にいるつもりだ」

「――っ」

びくり、と肩を揺らしたクリスタは、ゆっくりと上体を起こし、ひとりでも脱ぎ着できる簡易な服に指をかけた。

エプロンを取り、ブラウスの小さな釦にかける指が震えている。ずっと俯いたままでゲープハルトを見ず、ただ言われたことに従い、ひとつひとつ釦を外していく。

その動作が、何故かゲープハルトの気に障った。

自分の手を止めて見ていると、苛立ちを感じるほど遅い。指が震えているせいだとわかってはいたが、口を開かずにはいられなかった。

「遅い」

「……っ脱いでます！」

それまで大人しくしていたクリスタが、感情を思い出したように立ち上がり、スカートの留め具にも手を掛ける。コルセットを着けていないため、レースの肌着が覗く。抑えきれない感情が溢れ出しているのか、その目尻には涙が溜まっていた。

けれどそれを零さないように、強くゲープハルトを睨んでくる。

「私……私、そんなに、怒らせるようなことを、していましたか……！」

「していた」

あっさりと返すゲープハルトに、クリスタはさらに驚き、傷ついたように唇を震わせる。

「庭のことは庭師に任せればいい――いや、あの男が君を誘ったのか？」

「――え？」

「主人の妻を唆すような男を雇い続けるわけにはいかない。即刻替えることにする」

「え……っえ!?　あの、ニヒトは」

「ニヒト？」

クリスタの口から出た男の名前に、眉根を寄せる。

「あの……庭師の彼です。ニヒトは、とてもよく働いてくれて――」

「黙りなさい」

「……っ」

他の男の弁護など、クリスタの口から聞きたくなかった。

荒ぶる感情のままに遮ると、びくりと息を呑んだクリスタが唇を噛み、震える身体を背けた。

震える呼吸まで我慢するように息を殺しながら、再び汚れた服を脱ぎ始める。

「……私は、そんなに、おかしなことをしたとは思っていません」

すとん、とスカートが床に落ち、レースのペチコートが現れた。その下から、細い脚が見える。俯きながらブラウスの釦を外している姿に、もう我慢はできなかった。

「それを本気で言っているのなら、君は本当に結婚には向いていない」

ゲープハルトは後ろからブラウスを剝ぎ取り、下着姿になったクリスタを寝台に押し倒した。

上からのし掛かりながら、怯えと悲しみに揺れる瞳を覗き込む。

「君との価値観の違いは、君が侯爵家の令嬢で俺がただの子爵家の出だからか？」

「……わ、たしは、そんな——」

「だが君は、俺との結婚を望んだ。なら、俺の妻としての自覚を持つべきだろう——他の男に目を向ける前に」

「そんなこと、私は」

「もう、いい」

こんな状況でも美しいクリスタの身体を、これ以上無視できるはずがない。

中途半端に寛げたままのトラウザーズの中では、すでに猛ったものが主張している。この状態で話し続けることなどできなかった。

「君は、喘いでいればいい」

「——っん！」

ゲープハルトは白い肌に吸い付くように、胸の間に顔を埋め、乳房を手で摑み思うまま揉みしだいた。

レースの肌着は繊細で、ゲープハルトの荒い愛撫に簡単に破れてしまう。

「あ、あ……っ」

日焼けしていない白い首筋に舌を這わせて、もう一度柔らかな胸に戻り、咬み痕を残す。胸の頂は舌で執拗に舐めしゃぶり、急いた手でペチコートも引き裂くように、ドロワーズごと引き下ろした。

「んん……っ」

唾液に濡れた乳房から口を離し、舌で銀糸を搦めとりながら一度上体を起こして、絡まっていた自分のシャツを脱ぎ捨てる。

視線の先では、不安と怯えをその目に宿したクリスタがゲープハルトを見上げていた。彼女の手はまるでゲープハルトから自身を守るように、胸の上で震えている。ゲープハルトは、自嘲に近い笑みを零した。

震える手を取り、クリスタに見せつけるように指先に唇を落とす。鼓動の速くなるクリスタにゲープハルトは目を細めて嗤い、両手を敷布に押し付け縫い留めると、顔を近づけた。

「……口づけは、してやらない」

「――っ」

非情にも聞こえる声に、クリスタの目が潤んだ。

クリスタは、唇への口づけが好きだ。

触れるだけですぐに唇が薄く開き、ゲープハルトを受け入れる。ゆっくり、深く奪っていくと、目がとろりと緩み、身体も開いていくようだった。

舌を絡めると、自らもっと、と求めてくる。ゲープハルトも、それを求めていた。

けれど与えてはならないと、必死に心を凍らせる。

今からすることは、喜びをもたらすものではない。

夫を裏切った妻に対する、制裁だ。クリスタの身体がいったい誰のものなのか、教えてやりたい。

他の男が手を伸ばす隙など、少しも作りたくなかった。

「自分が誰のものなのか、よく理解すればいい」

「あ、あ……っ」

迷わず秘所に手を伸ばし、襞を探って熱を与える。

「ここが誰のものなのか、何度だって教えてやる」

「あ、や、やだぁ……っ」

「嫌だなどと、二度と言えないように」

「あぁぁ……っ」

指を強く潜り込ませ、身体をずらしてそこに顔を埋めた。

恥じらい身を捩るクリスタを、少しも逃がすつもりはない。じゅくじゅくとわざと大きな音を立てて襞を濡らし、舐めしゃぶる。濡れているのが唾液のせいだけではないのは、腰を震わせるクリスタの嬌声でよくわかる。

「あ、あ……っんやぁあっ」

「嫌だと、言うのは、許さない……！」

弱々しく首を振るクリスタに構わず、ゲープハルトは猛った性器をそこにあてがうと一気に貫いた。

「あ……っあぁぁ——ッ」

涙も零せないほどの衝撃を受けて悲鳴を上げたクリスタに、ゲープハルトは自分の中のほの昏い部分が満足するのを感じていた。

七章

窓の外の陽が落ちても、ゲープハルトはクリスタを攻め続けていた。

これまでにないほど荒々しい行為だというのに、受け入れているクリスタに驚く。突き上げるたびに、彼女はゲープハルトの背中に爪を立て、強くしがみ付いてくるのだ。

けれどそれでいて、何かを否定するように、クリスタは「いや」と繰り返す。

嫌なのであれば、しがみ付くことも嫌だろうと、ゲープハルトは背後から攻めた。

ゲープハルトの身体の奥に不穏な渦が巻き、嗜虐的な感情が湧き上がる。

膝の上に抱き、逃げられないように抱きしめてから、腰を下から激しく揺さぶってやる。

「ん、んぁ、や、ぃやぁ……っ」

「こんなに濡らしておいて、嫌だなどと、君は本当に嘘つきだ」

「んんっ、あ、あっあっやめ、あぁぁっ」

片手で乳房をいたぶり、もう片方の手を秘所へと伸ばし、潤った中で硬くしている芯を指先でこねた。そのまま下から追い上げると、呆気なく達する。

もう何度目かもわからないほどの絶頂を迎えたクリスタは、びくびくと身体を揺らしたあとで、ぐったりと四肢を投げ出しゲープハルトにもたれ掛かってくる。

もうゲープハルトの思うままだ。

すでに抵抗の意思すらない。

けれど、燻り続ける感情が、ゲープハルトをまた駆り立てる。

もっと攻めてやりたい。

もっと泣けばいい。

もっとおかしくなればいい。

ゲープハルトの心と同じように、狂ってしまえばいいのだ。

「クリスタ」

「ん……んっ」

じゅくじゅくと音を立てながら、まだ達していない自分の性器を送り込み、もう一度意識を取り戻すように呼びかける。

すでに全身が性感帯のようになっているクリスタだが、中でも敏感な胸の頂や、くるぶしの内側を撫で続けていると、思考が戻ってくるようだ。

「クリスタ」

「んぅ――……っあ、あっもう、ゃぁだぁ……っ」

頬には何度も泣いた痕がある。

そこをまた新しい涙が伝う。

強引に顎を持って後ろへ振り向かせ、それを舐め取った。

涙なのか汗なのか、少し塩の味がする頬をざらりと舐めると、クリスタの内壁がぎゅうっと狭まる。

「……っく、まだ、締めるのか。足りない？」

「んぁ、ん……」

「君が果てるまで、何度でも付き合ってやるさ」

「う……っも、ぉ、いい……っ」

「これを望んだのは君だ」

ひと際強く腰を押し込み、ゲープハルトは自分の中の澱んだ感情を吐き出した。

「結婚を望んだのはクリスタ、君だろう。俺を巻き込んでおいて、他の男に走るなど許されない」

「んっんっ、なん、で、そん……っあ、あっ」

「それとも……もう結婚に後悔しているのか？　俺でこんなに乱れておいて、他の男がいいと?」

「そんな……っち、が、ちがう……っご、ごめん、なさい……っ」

はっきりとした謝罪の言葉に、頭の中が真っ赤になった。

「今さら謝っても遅い！　これを始めたのは君だ。俺を狂わせた責任を取れ……！」

「あ、あ、あ……っあぁぁっ」

激しく突き上げて、最奥まで押し込み、そこで白濁を吐き出した。

恐ろしく気持ちがいいはずなのに、心の中は不自然に凪いでいる。これがいったい何なのか、いったい何をしているのか。自分でもわからなくなるほど、この行為が空虚なものに思えた。

欲しいと思った女を腕に抱いているというのに。

他の男が隣にいることすら許せないほど嫉妬に駆られているというのに、ゲープハルトは絶頂を感じても虚しさを痛感していた。

腕の中で息も途切れそうになっているクリスタを、いっそ憐れだとも思った。

自分のほうへ寄り掛かるようにゆっくりともたれさせてやり、乱れた髪を今さらのように整えてやる。疲労が全身に表れて表情も苦しそうに歪んでいるというのに、クリスタは美しかった。

その姿に、ゲープハルトは何故だか問わずにはいられなくなった。

「……そもそも、君は本当に……俺を好きだったのか？」

「……っ」

微かな意識の中で、ぴくりとクリスタが震えたのを、しっかりと感じた。

それが答えのような気がして、ゲープハルトはまた昏い感情に呑み込まれたのだった。

＊

突き上げられるたびに涙が零れるのは、苦しいからじゃない。

辛いのに、身体が喜んでいることが悲しいのだ。

クリスタは、手酷い愛撫を受けているのに、喜んでしまっている。

はっきりと怒りを向けられているというのに、その腕に抱かれることが嬉しい。

浅ましい自分が情けなくなって、さらに涙が溢れた。

いったいどうして、ゲープハルトはこんなに怒っているのか。クリスタにはわからなかった。

ただ、いつもより早く帰宅したゲープハルトは、庭にいたクリスタを見るなり怒りを向けてきた。何故か、他に男がいるような言い方で責められたけれど、ゲープハルトを前にして、他の誰かに目がいく女などどこにいるというのだろう。

一番悲しかったのは、庭を造ることをすべて否定され、無意味と思われていることだ。土に触れることがクリスタの一番の楽しみだったというのに。

確かに、平民と同じ格好をして土に汚れた姿は、ゲープハルトにはできれば見せたくなかった。

いつも彼が帰宅する前には湯浴みを済ませて、綺麗な状態で出迎えていたのに。突然の帰宅で一切の連絡もなかったから、クリスタは構えることもできなかった。

ゲープハルトの妻としておかしいと言われれば、仕方のないことかもしれない。使用人たちはクリスタを止めることはなかったけれど、やはり貴族がすることではない。それはクリスタもわかっている。

けれど、これまでずっと土に触れ、作物を育てることを生きがいとしてきたクリスタに、結婚したのだから全て忘れて生きろと言われても、難しい。

それでもゲープハルトとの生活が楽しいと思っていたからこそ、庭を整えるだけで満足できていたというのに。ゲープハルトとの仲が壊れ、庭での作業もできなくなれば、クリスタは毎日何をして暮らせばいいのだろう。

いや、そもそも、ここで暮らすことがいけないのかもしれない。

だってクリスタは、嫌われているのだから。

やっぱり、嫌われていたのだ。

少しは好意を持ってもらえているのかも、と勘違いした自分が恥ずかしい。

いったいいつ日を越えたのか、自分がいつ眠ったのかもわからない状態で目を覚ましたクリスタは、寝台にひとりきりだった。

動くと身体中が軋むように痛いのは、昨日の激しい行為のせいだろう。

それが、これまでのように甘い攻めであれば、この痛みすら心地よいと感じられたのに。

感情ひとつでこんなにも変わってしまうとは、人間とは不思議なものだと、クリスタはまだ働かない頭で考えていた。

徐々に意識がはっきりしてくると、綺麗な敷布の上にいることに気づく。夜着もちゃんと着ていて、いろんなもので汚れていたはずの身体はさらりとしていた。

これを誰がしてくれたのか、あまり考えたくはない。

恥ずかしくても、侍女に痴態を見られたと思うほうがましだった。

自分を嫌悪しているゲープハルトに清められたとは考えたくない。いや、嫌悪しているのだから、侍女に任せたはずだろう。そう思いたい。

目を覚ましてから、しばらくぼうっとしていたのだが、突然寝室の扉が開いて意識を向ける。

そこに現れたのは、きっちりと近衛隊の隊服に身を包んだゲープハルトだった。

こんなときでも、憎らしいほど似合っていて格好良い。

昨日のことは夢だったのでは、と頭の片隅に甘い考えが浮かんだけれど、冷ややかなゲープハルトの視線に射貫かれ、霧散した。

「――起きたのか」

「…………」

何と答えればいいのかわからず黙っていると、ゲープハルトは答えを求めてもいなかったのか、そのまま続けた。

「君は俺の妻だ。結婚したのだからな。それはもう覆すことのできない事実だ。だから君の仕事は、この屋敷を管理することだ」

「――？」

この話がどこに向かっているのかがわからなくて、クリスタはぼんやりと首を傾げて聞いていた。

だが、驚愕の言葉をゲープハルトは告げてきた。

「今後、勝手に外に出ることを禁ずる。庭に出るときも俺の許可を取るように。君のご両親は君を甘やかして自由を与えていたのかもしれないが、俺は違う。いつまでも娘気分でいてもらっては困る」

「――」

クリスタは目を見開いた。

「自由などない。その結婚を望んだのは、君だ」

責任を取れ。

ゲープハルトのその言葉は、昨夜も聞いた気がした。

言うだけ言うと、彼は満足したのか、さっと身をひるがえす。また寝室にはクリスタひとりきりになった。

屋敷には使用人たちもいるはずなのに、何の声も聞こえない。

窓の外には今日も美しい庭があるはずなのに、何の音もしなかった。

ひとりきりだ。

それを実感すると、唐突に涙が零れた。

止める術など知らず、ただとめどなく流れ続ける。

涙腺が壊れたんだわ。

クリスタは止めようとも思わなかった。

寝台にもう一度蹲るように顔を伏せ、声を押し殺して泣いた。

「……っう、ぁ……っ」

自由はない。

クリスタは、ゲープハルトの自由を奪ってしまったのだから当然だ。

嫌われるはずだ。憎まれても仕方がない。

こんな身勝手な女が、一度でも好かれていると思ったなんてあまりにも愚かで、笑えてくる。

すべて、クリスタのせいだ。

クリスタがあのとき、ゲープハルトを選ばなければ。

そもそも、馬鹿な計画など立てなければ。

大人しく父の命に従って、知らない誰かに嫁いでさえいれば。

ゲープハルトは今も自由で、頭のおかしい女と結婚などしなくてすんでいたはずだった。

＊

ゲープハルトはすぐに行動を起こした。

クリスタを抱きつぶした朝、すぐにツァイラー家と連絡を取るよう使用人に伝えた。

自分の行動が、少々常軌を逸しているのはわかっている。

突然クリスタを屋敷に囲い込み、行動を制限するよう通達すれば、誰もがおかしいと思うだろう。

けれど、この屋敷の主人はゲープハルトだ。たとえすべてを用意したのはヴェーデル侯爵であったとしても、管理を任されているのはゲープハルトである以上、主人は決まっている。

冷静な家令は主人の命を何も言わずそのまま受け入れ、他の使用人達にも通達した。

それでも、屋敷の外も中も不安が残る。門番だけでは心もとなくなり、ツァイラー家の家臣に隠れて警備することを命じた。

ツァイラー家に仕える者は仕事が早い。

ゲープハルトが指示したその日のうちに、屋敷はそれとは気づかれないように配置された警備に囲まれていた。

これでクリスタは逃げ出せないだろう。

そう考えてから、彼女が逃げ出してもおかしくない状況にしてしまったことに気づく。

監禁しているのだ。

それに満足してから家令に聞いてクリスタの資産書類を確認したところ、冗談などではなく、目を疑うような数字が記載されていた。これを知れば、監禁と言われても仕方ないとすら思えてくる。

しかし考え方を変えれば、クリスタの安全面を考えての措置だとも言え、言い訳の理由ができたことにゲープハルトはひとり嗤った。

種益権の内容は、書類が間違いでなければ、この国の主食ともいえる穀物ばかりだった。

これらの権利を与えたというのなら、ヴェーデル侯爵は、娘であるクリスタを甘やかし過ぎているようにも思える。侯爵家は弟のヴィンフリートが継ぐのに、彼への資産はどうなるのか。

それとも、このクリスタ以上のものをヴェーデル侯爵は持っているのか。

改めて考えてみると、本当に自分とは格の違う女性だ。

ツァイラー家は、武を以て国に仕えることを誉としている。それを卑下したこともするつもりもないが、ヴェーデル侯爵家がどれほどの地位にいるのか、本来のクリスタと自分との差に気づき、何とも言えない気持ちに襲われた。

やはりこの結婚は、クリスタが望まなければ成立しなかったものなのだ。

最初は受け入れるつもりなどなかったが、今となってはクリスタの行動に感謝するばかりだ。

けれどここで、やはり最初の疑問に立ち戻ってしまう。

どうしてクリスタは、ゲープハルトと結婚しようと考えたのか。

これまで都合の良いように考えてきたけれど、現状を見れば、そんな甘い考えは捨てるべきだろう。

クリスタは、ゲープハルトを愛してはいない。

好意くらいは持っていたかもしれない。どんな理由にせよ、まったく好きでもない相手を、あれほど追いかけられる女性がいるとは思えないからだ。

そして暮らしていくうちに、ふたりの間にあった好意は確かに育っていた。

「いや、それももう……」

ゲープハルトはそれを嘲笑うように顔を歪めた。

その小さな好意も、昨夜自分が消してしまったからだ。あんなひどい八つ当たりのような態度で、ただ感情のままに攻め立てた。冷静に考えれば、クリスタに悪いところなど何もなかった。彼女はただ、使用人と話をしていただけだ。

それの何がいけないのか。

ゲープハルトだって、ツァイラー家の使用人と話をするし笑い合うこともあった。武芸を磨くことを使用人にも求める特殊な家だったから、話が合ったというのもあるのだろうが、もちろん悪いことではない。

それを、ただ嫉妬という感情に駆られて、クリスタを傷つけた。

自分でも情けなくなった。けれどクリスタの涙を見て、乱れた肢体に触れていると、頭がおかしくなったようになり、ゲープハルトはその狂った感情のまま突っ走ってしまった。

ああ、これが恋に落ちるということか。

ゲープハルトは、頭の隅で、冷静に自分を分析した。

そんなつもりはなかったのに。

これまで、特に末の弟が恋に落ちておかしくなったとき、常識を持つよう引き止めたほどだというのに。けれど昨夜、ゲープハルトを止めてくれる兄弟は誰もいなかった。

お陰で、クリスタを散々傷つけた。

恋とは本当にやっかいなものだ。

クリスタを屋敷から一歩も出さないようにしてようやく安心できるなど、異常だとは気づいている。けれど止められない。ゲープハルトは自嘲するように嗤った。


そんなある日、勤務を終えて屋敷に帰ると、ハルトムートとハルトウィヒの姿があった。

先日、長い旅になるからと顔を見せに来てくれたばかりだが、予定が変わったのだろうか。

何にせよ元気な顔が見られるのは嬉しい。喜んで出迎えたが、その弟たちの顔は何故か青ざめていた。

「ちょ……っと、ゲープハルト兄さん、あれはなに？」

「あれは……ないよ、兄さん」

「何がだ」

客間に迎えるなりゲープハルトを責める双子を不機嫌に睨む。

「いったいどこの要塞を守っているつもり!?」

「この王都で軍にでも攻め入られるの!?」

はっきりと責められて、彼らの言いたいことは理解した。

この屋敷の警備の話だ。

ツァイラー家の者で、手の空いている者はすべて動員している。一見普通の屋敷に見えるだろうが、隠しきれない緊張の気配をツァイラー家の者なら感じ取れる。

「大丈夫だ。クリスタも屋敷の使用人たちも気づいていないし、兄にも許可をとってある」

「そういう問題じゃない……！」

「そもそも過剰防衛だよ！」

呆れを含んだ双子の非難を、ゲープハルトは鼻で笑って一蹴した。

「これくらいでもまだ甘いだろう。クリスタの譲り受けた資産はお前たちの想像を超えているぞ。ヴェーデル侯爵は、どうやら娘に甘い人のようだ」

妻を護るために必要なことだと言えば、彼らも納得するはずだった。

護ることの度が過ぎて、監禁状態であることはこの場では伏せておくが、おそらく言わなくても弟たちは感じているだろう。

ゲープハルト自身が、常に気を張ってピリピリしているからだ。

宮殿で護衛勤務についていても、気配を殺せていないと国王から指摘を受けたほどだ。自分でも上手く調整することができなかったので、初めて国王の傍から離れたくらいだった。

こんなにも自分を狂わせるクリスタを憎らしくも思う。

自分を嗤っていると、双子は思い出したように同じ顔を見合わせて、少しの躊躇いを見せた。

「なんだ?」

「あー……その」

「ゲープハルト兄さんには勝手に悪いと思ったけど、俺たち、実はヴェーデル侯爵領に行ってきたんだ」

「少し仕事の間が空いていたのもあったし、国内でもわざわざ傭兵が行く必要のない場所だったから、興味本位で」

「高位貴族なのに、気取らないクリスタ義姉さんの人柄は、いったいどんなところで育ったんだろう、とか」

「社交界にほとんど出たことのなかったクリスタ義姉さんが、何をして暮らしていたのか、とか」

「……それは」

ゲープハルトも気になるところだった。

けれど、わざわざ調べさせるようなことでもない。

以前はクリスタ本人に聞きたいと思っていたし、そのうち話に出るだろうと楽観もしていた。ヴェーデル侯爵と実際に会って話をし、彼らは疑う相手ではないということもわかっていた。

しかしクリスタとの関係がこじれた今、本人から聞くことも難しくなっている。

驚いたものの、弟たちを怒るどころではない。

むしろ、言いつける前に調べてくれたことに感謝したいくらいだった。

「彼女は、クリスタが、領地で何をしていたのか、わかったのか？」

やはり噂通り、屋敷の中で大人しく暮らしていたのだろうか？

いや、それでは、この屋敷での活発さが不自然だ。クリスタの性格は、天真爛漫で、この上なく素直だとわかっている。それがすべて演技だとしたら、ゲープハルトは希代の演者と結婚したことになる。

答えを急ぐゲープハルトにもう一度躊躇ったものの、双子の弟たちは答えた。

「兄さんの言う、クリスタ義姉さんの資産、おそらくそれはヴェーデル侯爵からもらったものではないよ」

「彼女は、種益権を持ってる。それも国内で最大に近いほど。それは確かに、クリスタ義姉さんの権利なんだ」

「………なに？」

「クリスタ義姉さんが、新しい品種を作ったり、改良した結果によるものだった」

「ゲープハルト兄さん、兄さんの奥さんは、恐ろしいほど優秀な研究者だよ」

「――――」

詳しく聞けば、クリスタは領地で屋敷に引き籠もっていたわけではなく、毎日出かけていた。そして行く先は畑だったり農地だったり、研究所だったりした。

領地の農民たちに交ざって仕事をこなし、作物の状態を見ながら、良いものに変えていた。それを広く知らしめ、領地をさらに栄えさせていた。

ゲープハルトは、庭で楽しそうに土いじりをしていたクリスタの姿を思い出す。

それがそっくり、領地で笑っている彼女の姿に変わった。

ゲープハルトが抑え込んだクリスタの姿。それが本来のクリスタの姿だったとするなら、自分はいったい何をしてしまったのだろう？

農民たちと楽しく過ごすクリスタ。

やりたいことを全力で行い、結果を残しているクリスタ。

誰も彼女の生活を阻むことなどできなかったはずだ。

どうしてクリスタは、結婚などというものを考えたんだ？

「……クリスタは、領地でいったいどんな生活をしていたんだ？」

つまらない嫉妬に駆られていた自分に呆然とする。

ぽつりと呟いたゲープハルトに、情報収集の得意な双子の弟たちは、包み隠さず教えてくれた。それを聞くほど、やはりどうして彼女が、ゲープハルトと王都で暮らす結婚を選んだのかがわからなかった。

クリスタの願いは、いったいなんだったのだろう。

*

外には自由に出られなくても、屋敷の中ではクリスタを阻む者はいない。むしろ使用人たちは不自由になったクリスタに好意的で、どんな些細なことでも教えてくれて、気を紛らわそうとしてくれる。

宮殿から帰ったゲープハルトが、双子の弟たちを迎え入れたと知れたのも、そんな理由からだった。

ゲープハルトに用ならば、クリスタは必要ないだろう。

けれど訪れを知ってしまえば、挨拶をするのが貴族としての礼儀だ。

そう思って客間へ向かったが、中に控えているべき使用人がすべて廊下に出ていることに驚いた。

つまり、中にいるのはツァイラー家の者たちだけ、ということだ。

それがどういうことなのか。クリスタは少し考えて、邪魔をしてはならないと判断した。

ツァイラー家は武家の一族でもある。特にゲープハルトは、国王を守るべき立場にいるくらいなのだから、使用人にも聞かれたくない話があるのかもしれない。

クリスタは明るい双子を思い出し、会えずに終わることを少し残念に感じた。

彼らの話す他の国の話は、とても面白かった。

まだ自分の知らないことがたくさんあると思うと、物語を読んでいるようで心が浮かれた。

実際に行きたいわけではない。ただ、一緒にいるとゲープハルトも同じように楽しそうに笑ってくれるから、嬉しかった。

ゲープハルトは、今はもう、クリスタに笑みも向けてくれない。もしかしたら、と自分への好意を期待してしまっただけに、残念な思いが増した。

あからさまに肩を落とすクリスタを憐れんでくれたのか、家令のロイターが動いた。

しいっと口に人差し指を当てて、客間のふたつ隣の部屋を示す。

首を傾げながらもついて行けば、そこは使用人たちの控えの間であり、クリスタが入ることはない場所だった。

狭いその部屋には、茶葉や控えのカップ、よく使用する台車などがあるだけだ。

窓に直角にある壁に、何故か取っ手があった。それをロイターが回すと、驚いたことに壁に四角い穴が開いていた。取っ手の回転に合わせて、壁と同化していた穴の蓋が持ち上がったのだ。

「……？」

どういう意味なのかとロイターを見るが彼は構わず穴へ顔を寄せる仕草をする。クリスタが不思議に思いながらもそれにならえば、もっと驚いたことにそこからゲープハルトの声が聞こえてきた。

ロイターはにこやかに笑って、黙ったまま部屋を出て行った。

これは、公然のひみつのようなものなのだろう。こうして主人たちの話を聞いていることが、彼らが迅速に動ける秘訣のひとつなのかもしれない。

これは盗み聞きでは、と思わないでもなかったが、クリスタの生まれ持っての好奇心が、いたずらっ子のように笑ったロイターのお陰で引き出され、黙って話を聞いてみることにした。

穴から聞こえてくるゲープハルトの声は、少しピリピリしていたけれど、家族向けの穏やかなものだった。

少し前までは自分にも向けられていたのに。クリスタは自分の愚かさを呪いながら、声を聞けるだけでも嬉しくて小さな穴の前に座り込んで彼らの話を聞いた。

自分のいないところで、ゲープハルトはどんな話をするのだろう。

クリスタは最初こそ、わくわくした気持ちでいっぱいだったのだが、ツァイラー家の会話を聞くうちに青ざめていった。

やはり、盗み聞きなんてするものではない。

悪いことをすれば、ちゃんと天罰は下るのだ。

呆然とするクリスタの頭の中に、ゲープハルトの言葉が繰り返し響く。

「クリスタは、領地でいったいどんな生活をしていたんだ？」

その答えを、すでにツァイラー家の双子の青年たちは知っている。

そして今や、ゲープハルトも知ってしまった。

クリスタは真っ青になって、けれどどうにか足を動かし、控えの部屋を出た。

知られてしまった。

足が震えて倒れそうになるのを、必死で耐える。

庭で平民のような格好をして、はしたなくも泥まみれになった姿を見られただけでも辛かったのに。

領地でのクリスタは人の目などまったく気にせず、好きなように生きていた。

まったく隠してはいなかったから、調べればすぐにわかることだろう。

平民よりも平民らしく、畑を耕し、彼らに交ざり作物を分解して研究し、まさに汗みどろになって働いていた。

確かにクリスタは種益権を取ったけれど、一緒に考えてくれた農民たちの力でもある。

クリスタはそれを、すべてひとりのものにはせず、ちゃんと彼らにも行き渡るよう父に頼んで書類を作ってもらった。

そのあたりの細かいことはわからないけれど、一緒に働いていた農民たちが喜んでいたので、上手く回っているのだろう。

自分は間違ったことをしていたわけではない。

誰に後ろ暗いことをしていたわけでもない。

自分のやりたいことを、領地のためにもなると思い、できる限りしてきたつもりだ。

それが父に言わせれば、でしゃばり過ぎている、農民たちの利益を奪う、ということらしいが、毎日顔を合わせていた彼らは一度だって嫌な顔を見せたことはない。

どんなことがあっても、クリスタは自分のこれまでを後ろめたくは思わないし、むしろ誇らしくさえ思っていた。

でも領地のためとはいえ、それが貴族の、特に令嬢のする行動ではないともわかっていたから、王都でそれを口にしたことはない。クリスタが後ろ指を指されるだけではなく、ヴェーデル侯爵家の名に関わることだったから、わきまえてきたのだ。

だが、ゲープハルトと出会って、これまで知らなかった恋という想いが芽生えた。

恥ずかしい。

普通の貴族の娘ではありえないはしたない姿を、とうとうゲープハルトに知られてしまった。

ゲープハルトの理想から一番遠いクリスタを、知られてしまったのだ。

ますます、嫌われた……っ。

クリスタは暗闇の中にいるような思いでふらふらと歩き、いつの間にか自分の部屋へ戻っていた。

堰を切ったように涙が溢れた。

ああ、涙は、枯れることがないのね。

そんなことを思いながら、広い部屋で子どものように小さくなってしばらく泣き続けた。

けれど、泣いていても事態は解決しないとわかる大人でもある。

クリスタは、このときになってようやく、自分のするべきことを見つけた。

「……私は」

ぽつりと声に出してみる。

自分が行うべきこと。進まねばならない道。

それを思い描き、今度こそ、間違わないように計画を実行するときがきた、と決意した。

クリスタは、間違えた結婚を修正しなければならない。

修道院へ、入ろう。

八章

これを自己嫌悪というのだろう。

ゲープハルトは双子の弟たちからクリスタのことを聞いて、初めてそんな想いに陥った。

自分の行いが、情けない。

クリスタは常識を知らない女性などではない。相手のことも考えず突進するような、周囲を顧みない人間ではない。それはすべて、おそらくクリスタが演じていただろう人格だ。

ゲープハルトと初めて会ったときのクリスタは、作られた彼女だった。

どうして演じたりしたのか、その理由はわからないが、実際のクリスタは領地を、平民や農民を、ひいては国のことを考える素晴らしい人だ。

一緒に暮らし始めてゲープハルトが知ったクリスタこそが、本物の彼女なのだ。

好奇心が強く、活力に溢れ、どんな相手も分け隔てせず接する。まさにゲープハルトが求めていた女性そのものだった。

　時に勢いだけで突っ走ってしまい、それをからかえば恥ずかしそうに俯き、しかし次の瞬間には反撃の手を考え、少しもゲープハルトを飽きさせない。

　いや、常に見ていないとゲープハルトが落ち着かない。

　次に何をしてくれるのか。彼女の行動はゲープハルトを惹きつけ、夢中にさせる。寝台の中では、恥じらいながらも受け入れ、徐々に花開き妖艶さを自覚なく身につける様にも溺れた。

　そんなクリスタに対し、自分は何をしているのか。以前、恋に落ちた弟が、愚行を繰り返していたのを笑ったが、今はまったく笑えない。

　ゲープハルトは弟たちが帰るのと同時に、屋敷周りのツァイラー家の者たちを解散させた。それでも警戒を解いたわけではないので、最低限の者だけは残す。家令を呼んで、クリスタの行動制限も解除した。

　よくできました、というように笑った家令には、もしかしたらすべてお見通しだったのかもしれない。

　さすがヴェーデル侯爵家だと感心してしまった。

　それから数日、ゲープハルトはクリスタとは顔を合わせず、この家の主人としての仕事と、本職である近衛隊の仕事に没頭した。

正直に言えば、恥ずかしくなったのだ。

いい歳をして、まるで子どものように駄々をこねたここ数日の言動は、あまりにも愚か過ぎて、頭を冷やしたかった。

その反動か、クリスタに会うと襲ってしまいそうな気もしていた。

けれど、次にクリスタを抱くときには、じっくりと優しく、甘い時間を過ごしたかった。それには、今の逸る気持ちを抑えなければ難しかった。

クリスタは、存在するだけでゲープハルトの心を乱し、愚かにさせるほど美しい。

クリスタが眠ったあとに寝室へ入り、その寝顔を見るだけで身体が熱く猛る。身体の中心は、ゲープハルトの気持ちをはっきりと示すように、屹立していた。

柔らかなチェリーブロンドの髪を梳き、これで自身を慰めてみたいと愚かなことも考える。溌剌と輝く茶色い目に見つめられたら、それだけで達するだろう。

家令に言ったことは、すぐにクリスタに伝えられたらしい。その日からまた庭に出て過ごす姿を見かけるようになった。

自由に庭に出るようになったクリスタをそっと見て、相変わらず仲良さそうに庭師と話す姿にはどうしても憤りを感じたが、クリスタの笑顔を曇らせたくなくて割って入ることはしなかった。

ゲープハルトの顔を見たとたん、楽しそうな表情を歪められたら。悲しい顔になったら。

そんなことになれば、ゲープハルトは自分の顔をつぶしてしまいたくなるだろう。だから、ひっそりと確かめるだけに留める。

いったい自分は、いつからこんな臆病者になったのか。

自嘲するように嗤ったゲープハルトは、鬱憤を晴らそうと、勤務のあと久しぶりにツァイラー家に向かうことにした。

宮殿での勤務が終わればすぐに屋敷に帰るようにしていたが、思うまま剣を振るい、無心になりたかった。

「精が出るな」

「……兄さん」

明るいうちに宮殿を出たのに、今はその陽が傾きかけていた。

宮殿の一番高い塔の向こうへ陽がかかったが、この季節なら、沈むまではもう少し時間がかかるだろう。

陽が落ちるまでには屋敷に帰らなければと思っていたのに、つい時間を忘れていたようだと、兄のエックハルトに声をかけられ気づいた。

「新しい生活は、どうだ？」

兄に投げられたタオルを受け取り、ゲープハルトは流れる汗を拭う。

教えられてきた剣の型を何度もなぞり、仮想敵を作って百人斬ったところまでは数えていた。

ツァイラー家の庭にある訓練場は、いつも誰かが訓練をしているが、今日だけはゲープハルトの姿しかなかった。おそらく、ゲープハルトの気持ちを酌んで、屋敷の皆が控えてくれたのだろう。

ひとりになりたかったゲープハルトにはありがたい。

時間を忘れて剣を振ったお陰で、かなりすっきりとした気持ちを取り戻していた。これなら、クリスタの前に出てもおかしなことはしないだろう。

ゲープハルトは心の澱みもなくなったことを確認して、兄に答えた。

「気楽な独り身とは違いますので、少し戸惑いましたが……俺は、新しい生活が気に入っています」

クリスタのいる、生活だ。

新しい人生をクリスタと歩む。

これまでのクリスタの功績を考えれば、彼女をこのまま王都に押し込めていていいのか、とも思う。

しかしそれは、ふたりで一緒に考えたい。

クリスタがどう思っているのかを知りたい。そしてゲープハルトがどう思っているのかを、知ってほしい。

ゲープハルトは彼女と一緒にいたいと考えているだけだ。

ゲープハルトは心からの笑顔を見せ、兄を安心させるためにも心を決めた。

「次は、クリスタと来ますよ。ああ、ディートハルトたちの店にも連れて行かなければならないな」

「ああ……きっと喜ぶだろう」

平民の暮らしに忌避感を持たないクリスタだ。

王都で有名な食堂に行って、面白い料理を食べることも楽しんでくれるだろう。

ゲープハルトは、これからクリスタといろんなことをしてみたかった。

クリスタの笑顔が見たかった。

だが、兄と笑い合ったところで、訓練場に緊張が走った。

「――ゲープハルト様！」

その手の声に反応しない者は、ツァイラー家にはいない。

何かが起こったのだ。

そしてそれは、たった今穏やかな気持ちになれたゲープハルトの感情を乱す、不穏な報せだった。

「クリスタ様が、屋敷を出られて、そのまま客人の馬車で移動――おそらく、連れ出されたものと思われます！」

兄に名前を呼ばれた気がしたが、ゲープハルトはすでに走り出していた。

＊

もう駄目なんだなぁ。

クリスタはそう思うのと同時に、計画を実行しやすくなったのだと楽観してみた。

けれどそれは、彼に無視されているという現実に目を背け、自分を誤魔化しているに過ぎない。

本当は、心が軋んでいる。

ゲープハルトのためにと決めたはずなのに、どうしようもない想いだけは、クリスタの心に居座り続けて、放っておくとどんどん大きくなっていく。

だから何度も、一日に何回も、心を決めるために気合を入れなければならない。

クリスタの未来は、修道女だ。

北のほう、住むには決して向かない場所に、この国で一番厳しい修道院がある。

そこは女性だけの場所であり、たとえ王族であっても、男性は入り込めないらしい。

様々な何かから逃げたい女性の行きつく場所だ。

俗世と関わりたくない女性にとってはとても暮らしやすい場所だが、その幸せとひきかえに世のすべてと隔離される。そして、一度入れば二度と出てこられない。

厳しい場所であるがゆえに、生活も大変らしい。

それを押しても訪れる女性のために、存在している。

きっとクリスタは、すぐに寂しくなるだろう。

修道院へ入れば、もう二度と家族には会えない。やりたいことを自由にする権利もない。

毎日生きていくだけで精一杯で、幸せなどないかもしれない。

なにより、その場所にゲープハルトはいないのだ。

それだけは確実にわかっている。

その事実だけで、クリスタの幸せはほとんど消えてしまっている。

けれど、クリスタは自分の気持ちを殺してでも、行くべきだと思った。

修道女になろうと決めた一番の理由は、修道女になった女性との婚姻は無効とされると
この国の法で定められているからだった。

クリスタが修道女になれば、ゲープハルトの婚姻の記録は抹消され、独身に戻る。

ゲープハルトは、自由になる。

こんな頭のおかしい女から解放されて自由に戻る。

それはクリスタにとっても幸せなことではないだろうか、と考えた。

好きな人の幸せのために。

これまで自分のことしか考えていなかったクリスタにとっては、大きな成長だった。

修道院での厳しい生活も、これまでの罰として丁度いい。

心を決めれば、あとは実行するだけだ。

即断即決することが、後悔しない秘訣だった。

一度目の計画は、そのせいで後悔しているような気もするけれど、その計画をなかったことにするのだと思えば、結果は同じはずだ。

クリスタの持つ資産や財産は、そのままゲープハルトに残すように手紙も用意した。彼ならきっと、上手く使ってくれるだろう。持っていても管理できないクリスタよりもよほどいい。

そして両親にも、経緯を書いた手紙を残した。この事態を招いたすべての原因はクリスタにあるが、娘に優しい彼らはきっと心配するだろう。もしかしたら、ゲープハルトを責めるかもしれない。

そんなことが決して起こらないよう、自分の罪を細かく告白しておいた。

荷物は少ないほうがいい。

きっと、修道院では、今使っているもののほとんどが必要なくなるだろう。

クリスタの手で持てる程度の、小さな旅行鞄ひとつで良かった。そこへ簡易な、平民服に近い衣装を数枚と、身支度を調える道具。それから家族の細密画を入れていく。そこでクリスタは、どうしてゲープハルトの細密画を作っておかなかったのかと後悔した。

いや、持っていればきっと、それを見て毎日泣いてしまいそうな気がする。持たないほうが幸せなはずだと思い直した。

それから、動きやすく、見栄えのしない外套を羽織り、深くフードをかぶれば、やたらと明るい色のクリスタの髪も隠せる。

あとは幾ばくかのお金を持って、最後に移動手段を考える。

これが一番の問題だった。

庭での姿を見られ、突然怒られた日から、クリスタの行動は制限され、ゲープハルトに監視されているようだった。

けれど、双子が来た日を境にそれが緩み、クリスタはまた庭にも自由に出られるようになった。庭師とも好きな花について話し合うことができた。

寝室から見える庭の一角を、ゲープハルトから初めてもらった花でいっぱいにしたくて、どうすれば一番綺麗に咲くだろうかと悩む楽しみもあった。

そうしているうちに、クリスタは誰かと一緒なら、出かけることも許されるようになった。

また、自由が戻ってきたのだ。

けれど、クリスタの心は晴れない。前と同じ喜びはない。

その自由の中に、ゲープハルトがいないからだ。

ゲープハルトがクリスタの過去を知った日から、彼はクリスタに会うのをぴたりと止めた。きっと、軽蔑されたのだ。わかってはいたが、声すら聞けないとなると、胸が痛んで壊れてしまいそうだった。

もう関心も持たれていないのだという事実に、虚無感に襲われる。

でもこれで、ゲープハルトを自由にするための計画がさらに進めやすくなったのだ、とクリスタはそれを無理やり無視して移動手段を考え続けた。

屋敷を出て、辻馬車に乗り、王都から出て歩いて北へ向かう。

これは駄目だ。

屋敷を出ても、侍女がついてくる。さすがに侍女は、クリスタの計画を止めるだろう。では、ヴェーデル侯爵家の領地に里帰りすると言って屋敷を出るのはどうだろう。そして途中で馬車を奪い、北へ向かう。

これも難しい。やはりクリスタがひとりだけで行動することはないし、馬車を途中で奪うとなれば、一緒に移動する使用人たちの足も奪ってしまうことになる。

それなら闇夜の脱出だ。皆が寝静まった深夜、こっそりと部屋を抜け出し、庭を通って、門を抜け、そのまま王都を出て行く。

これも不安がある。さすがのクリスタも、いくら王都であっても夜道のひとり歩きがどれほど危険かは知っている。それに王都には門番がいるため、気づかれずに通ることは難しいだろう。

　ひとり旅は難しい。

　あれこれ考えるも、自分ひとりでは限界があると気づいてしまった。

　クリスタは、自分が情けなかった。

　それでもとりあえず、王都の門さえ抜けることができたら、あとはきっと歩いてたどり着けるだろう。

　とはいえ、それが一番の問題だ。

　しばらく考え込んでいると、侍女から来客を告げられた。

「……？　誰？」

　クリスタに、王都の友人はいない。

　知り合いはヴェーデル侯爵家に関わる人たちばかりだし、クリスタ本人を訪ねる客など皆無と言ってよかった。

　ゲープハルトはまだ帰宅していない。

　そうなれば、屋敷を預かる立場のクリスタが出迎えるのが当然だった。

　首を傾げながら立ち上がったクリスタに、侍女は予想外の名前を告げた。

「バーター男爵家の、ローデリヒ様です」

「……え？　なんで？」

理由などまったくわからなかったが、とりあえず会ってみることにした。

客間では、本当にローデリヒが待っていた。

彼に会ったのが、もうずいぶんと昔のように感じる。確か、宮殿にいるところを見つかって、突然命令のように求婚されたとき以来だ。そしてそれを、ゲープハルトが助けてくれた。

あのときの衝撃を、クリスタは昨日のことのように思い出せる。

初めて彼の腕に抱かれたことは、もっと深い関係になっても、色あせない大事な思い出だった。

あのときのゲープハルトに気圧されて、諦めたとばかり思っていたのに。しかもすでに、クリスタは結婚しているのだ。

今さら何の用だろう、と首を傾げるも、ローデリヒにあの日のような偉そうな様子は一切なかった。

「やあ、クリスタ。久しぶりだね。ああ、遅くなったけれど、結婚おめでとう」

「……まぁ……ありがとうございます……？」

この人は本当に、あのローデリヒだろうか？

その疑問を感じ取ったのか、ローデリヒは苦笑した。

「ああ、以前は失礼した。君に好きな人ができたと聞いて、少々動揺してしまってね……でも、もう心から祝えるようになった。それで今日来たのもある」

「それは……」

そうですか、と返すべきなのか。クリスタは返事に迷ったが、ローデリヒは話を続ける。

「実は、領地に帰ることにしてね。兄たちを手伝おうと思っているんだ」

「あら、そうなんですか？」

「ああ。これまで放蕩してきた自覚はあるから、そろそろ心を入れ替えようと思ってね。それで最後に、初恋の君にひと目会いたくて、図々しいとは思ったけど来てしまったんだ」

「まぁ……」

クリスタは目を瞬かせ、驚きの声を上げた。

いったい彼に何があったのだろう。

子どもの頃から人を見下し、女性を軽視するばかりだったローデリヒが、と不思議に思ったが、自分のことしか考えていなかったクリスタでさえ、このひと月と少しの間に成長することができた。

きっとローデリヒにも、何かあったのだろう。そしてそれは、彼にとって良いことだったに違いない。

「そうでしたか。これから領地へ……大変でしょうけど、頑張ってくださいね」

クリスタには、それ以外にかける言葉はない。

「ああ、ありがとう……それで図々しいついでと言っては何だけど、クリスタ。ひとつお願いがあるんだ」

「え？」

「最後に、最初で最後にひとつだけだ。僕はこのまま領地に帰るつもりだけど、その前に、一緒に王都を散策してくれないか？」

「……え？」

「君との思い出を持って帰りたい……それで僕は幸せになれると思うからね」

「……まぁ」

驚きながらも、クリスタは、これは自分にとっての好機だと直感した。

屋敷を出て、王都を散策したあと、王都を出るローデリヒ。

これは、運が向いてきたかもしれない。

クリスタは申し訳なさそうに提案するローデリヒに、にこりと笑った。

「いいわ。わかりました。王都散策、ご一緒しましょう」

「クリスタ様……！」

後ろで侍女の慌てた声が聞こえたけれど、気にしていられなかった。

おそらく、これを逃せば、もうクリスタに機はない。

できるときに躊躇わない。でなければ、きっとクリスタは、また後悔するだろう。なによりもう一度でもゲープハルトに会えば、離れることはできなくなる。

「すぐに用意してきます。少し待っていただける？」

「もちろんだよ、クリスタ」

喜ぶローデリヒに、クリスタは客間を出てすぐに部屋へ戻った。

そして、用意していた簡易な服に着替える。

「ク、クリスタ様……!?」

「その服でお出かけに!?」

侍女たちが驚くのも無理はない。

屋敷の庭で土いじりをするのではないのだ。華やかさのかけらもない服は、外套のフードを被ってしまえば、平民に紛れてしまえるだろう。

「そうよ。王都の通りは、あまり貴族は多くないのでしょう？　目立たないためには必要だもの」

「それにしても……」

「クリスタ様がそこまで簡素な服をお召しになるのはどうかと」

「いいのよ。舞踏会に行くわけではないのだもの。ええと確か、適材適所？」

「いえ、違うと思います……」

「まぁいいの。大丈夫よ。ちょっと行ってくるわ。留守をお願いね」

「……えっ!?」

「私たちもご一緒いたします！」

慌てる侍女の言葉に、クリスタは頷くことができない。

そんなことをされれば、計画が台無しだからだ。

クリスタは自分の机の上に自然な様子で手紙を二通置き、自分が出て行ったあとにゲープハルトへ、もう一通を両親へ渡すよう書き留めていた。

「大丈夫よ。ローデリヒが一緒だし。彼の従者だっているでしょう？　それより、ゲープハルト様が私よりも先に帰っていらしたら……」

侍女たちを振り切るように部屋を出て客間に向かうと、いつからいたのか、家令のロイターが口を挟んできた。

「それまでにはお帰りくださいクリスタ様」

「わかったわ。あまり遅くならないようにするわね。さぁ、ローデリヒ様、用意ができました」

「ああ、クリスタ……その格好で行くのかい？」

クリスタを見たローデリヒが驚いているのは、クリスタの格好があまりにも平民のようだったからだろう。

けれど、問題はない。

クリスタの計画は、王都の先にまで実行されるのだから。

「ええ。これで目立たないでしょう？　さあ、出かけましょう」

「うん……？　まぁ君がいいならいいけれど」

「いいのよ。私、実は王都散策って初めてなのよ。だからすごく楽しみなの」

「ああ、そうなのか。じゃあ最初は馬車でゆっくり走ってみることにしよう」

「お任せするわ。じゃあロイター、あとはよろしくね」

クリスタは珍しく不満を見せる使用人たちを残し、ローデリヒの四人乗り馬車に乗り込んだ。

向かいに座ったローデリヒが御者に合図すると、軽やかに馬車が進み始める。

貴族街を抜けるまでは、町並みは変わらない。けれどクリスタは小さな旅行鞄を膝に抱えて、もう見ることができない景色を楽しもうと窓の外を覗いた。

「ああ、そうだわ。王都に有名な食堂があるのですって。なんとゲープハルト様の弟君がそこにいらっしゃるの。ぜひ一度見てみたいわ」

「は？」

クリスタは、このまま王都を離れるのなら、できるだけ思い出を持って行きたかった。せめて、誰もが知るという食堂の味は最後に覚えておきたい。

だが返って来たのは、顔を顰めたローデリヒの冷ややかな視線だった。

「何を言っているんだ？　そんな平民の店に僕が入るはずがないだろう？」

「……何ですって？」

「お前は本当に、底抜けに馬鹿だな。僕が平民となんか一緒に歩くはずがないだろ。しかもそんなぼろきれのような服を着て……一緒にいる僕のことをちゃんと考えてほしいものだね。まったくこれだから教養のない田舎臭い女は嫌なんだ」

「………ローデリヒ？」

さっきまでの好青年はどこへ消えたのか。

今、目の前に座っている男は、これまでクリスタが嫌悪してきた男そのものだった。

まさか、と気づいたところで、もう遅い。

ローデリヒはつまらなさそうにクリスタをじろじろと見て、眉根を寄せて笑った。

「本当に、お前の良さなんてその顔だけだというのに……これが僕の妻となるんだから、本当にどうかしているな」

「……は？」

ローデリヒは頭がおかしくなったのだろうか。クリスタは、突然の展開についていけず、説明を求めた。

「このままバーター家の領地まで走るんだ。そこの小聖堂に書類を用意してある。お前の婚姻無効届と、新しい婚姻誓約書をな」

「……それは……まさか」

「お前が最初から僕と結婚しなかったから、こんな面倒なことになったんだぞ。僕に手間ばかりかけさせて。本当に愚図な女だ」

ローデリヒが御者に合図を送ると、馬車は一気に速度を上げた。

「きゃ、あっ!?」

慌てて座席に摑まる。これは、王都の道を行く速度ではない。

このままでは、人で溢れる王都の通りで、怪我人を出すことにもなりかねなかった。

「ロ、ローデリヒ！　いったい何を考えているの!?　速度を落としなさい！」

「どうして僕がお前の言うことを聞かなければならないんだ？　僕が通るんだから、平民が避けるべきだ」

「そんな……！」

平然としているローデリヒに、クリスタは青ざめる。

馬車はすでに、人の多い本通りに入っていた。異常な速さで走る馬車の外からは、悲鳴のような声が聞こえる。

た。


慌てる人の動きや、怒声もした。

クリスタは震える身体を叱咤して、ローデリヒを睨んだ。

「馬車を止めて！　怪我人が出るわ！　危ないから止めて！」

道行く人も、怪我で済めばいい。

もし馬車の前にいる人が避けられなかったら。その先を考えるだけで、クリスタは震えた。

けれどローデリヒは、聞く耳を持たなかった。

「早く始末をつけたいんだよ。そもそも、お前があんな野蛮な男と結婚するから、こんな面倒になったんじゃないか……恨むなら、最初から僕と結婚しなかった自分を恨めばいいだろう」

「ローデリヒ……！　私と結婚したからって、いったい何になるの!?　どうして私に執着するのよ、私なんて好きでもないくせに！」

「ははっ止めてくれよ。農民のような暮らしをする女に興味はないよ。僕はただ、お前の資産をもらうだけさ。それで僕の借金はなくなるし、お前さえいればまた自由に暮らせるんだから」

「――――」

「まぁ、僕もお前のことを考えていないわけじゃないさ。ちゃんとお前の家も用意してある。領地の農民の小屋がね。土にまみれて暮らすお前には、ちょうどいいだろ」

「ローデリヒ……」

この男は、まったく変わってなどいなかった。

少しでも期待した自分が馬鹿だった。

いや、そもそも、成功するかもわからない計画を立てて、それを実行しようとした自分が愚かなのだ。クリスタは心から自分を罵った。

このままでは本当に、ローデリヒにいいように扱われてしまう。

ゲープハルトに預けていれば大丈夫だと思っていた資産も、奪われてしまうかもしれない。

クリスタはおかしなことに、こんな状況に陥ってやっと、頭の中が冷静になりちゃんと物事を考えられるようになっていた。

勝手に婚姻を無効にできるはずがない。

そして、簡単に人と別れられるはずもない。

「……ローデリヒ、結婚の無効なんて、許されるはずがないでしょう？　婚姻無効届なんて、相手の同意なく許可されるはずがないんだから」

言いながら、自分の愚かさも噛みしめていた。

自分が修道院に行けばいいだけだなんて思い込んでいた浅はかさに呆れる。ちゃんと考えればありえないことだと気づくはずなのに、思い至らなかった自分は本当に何も考えていなかったのだ。

なんて自分は馬鹿なのだろう。

クリスタは、ローデリヒにも冷静になってもらいたかったが、彼は呆れたような顔をして言った。

「そんなこと、僕が考えていないとでも？　あの男のサインを真似れば済む話だよ。書類なんて簡単に誤魔化せるだろ」

そんな簡単な話ですむはずがない。

しかしローデリヒは、まるで汚いものでも見るように蔑んだ目をクリスタに向ける。

「世の中には、抜け道くらいいくらでもあるのさ。それくらい、僕の伝手で用意できる」

本当にそうだろうかと思いながら、目の前の顔が違う人と重なり、クリスタは胸が痛くなった。

ゲープハルトにこんな目で見られることが、怖かった。

怒りよりも、呆れ蔑まれるほうが悲しい。

ゲープハルトにだけは、そんな目で見られたくない。

そう思っていたから必死だった。

けれど、こんなふうにするために、クリスタは頑張ってきたわけではない。

自由を望んだ。

やりたいことをやりたかった。

誰かに縛られるのが、窮屈な生活を送ることが嫌だった。

そう思っていたクリスタは、成人していてもまだほんの子どもだった。

だが、狭い視野にとらわれていた領地を出て、大勢の人に会った。その中で、ひと際輝く人に出会った。

その人が、クリスタの運命を変え、大きく踏み出す一歩をくれた。

ゲープハルトと出会ったから、クリスタは成長できた。

自由とは、好き勝手にすることではない。

やりたいことをするには、やらなければならないこともしなければならない。

縛られることは、本当はとても幸福で、柵のある生活も、暮らせば楽しいものだった。

そのとき、がくん、と大きく馬車が揺れた。

そこで、周囲の声が聞こえなくなったのに気づく。

いつの間にか本通りを抜け、王都の外へ出ていたのだ。

貴族の馬車は急用に限り、王都の門を止まらなくてもよいとされている。おそらくこの馬車も許可を得ているのだろう。

しばらくすると、どこからか違う馬車の音がクリスタの耳に届いた。

ている者も見えた。

不安になって窓の外を覗くと、何の飾りもない簡易な馬車が並走している。馬に騎乗し
「……？」

ローデリヒは、不敵に笑う。

「彼らは護衛さ。王都の外を行くには、護衛がなくては危ないからね」

つまりこれで、クリスタが逃げられる手段はなくなったと言ってよかった。

そしてローデリヒの言う伝手が、彼らなのだと理解できた。きっとまともな者たちではないのだろう彼らがローデリヒを強気にさせて、こんな大がかりなことをさせたのだろう。

ローデリヒの借金をしている相手なのかもしれない。だから資産を持つクリスタを連れ去ろうとしている。

得体の知れない彼らは、本当に相手の承諾なしで、婚姻を無効にできる術を知っているのかもしれない。

もうすぐ陽が落ちようとしていた。

暗闇の中で知らない者たちに囲まれて、未来のない旅が始まる。

これは、愚かな自分への罰だ。

クリスタは絶対に泣くものかと歯を食いしばった。

けれどひとつだけ救いなのは、ゲープハルトがクリスタから解放されることだった。

修道院に入るにしろ、ローデリヒと結婚するにしろ、ゲープハルトとの婚姻は無効にされる。

好きな人が自由になれるのなら、それだけでクリスタはこの旅を乗り越えられる気がした。

九章

「状況を報告しろ！」

屋敷に戻るなり大声を上げたゲープハルトに答えたのは、家令のロイターだ。

いつもは冷静沈着な男も、さすがに少し焦りを見せている。

「申し訳ございません。クリスタ様がバーター家の者と馬車に乗りすでに半刻ほど過ぎております。本通りのほうから、人を撥ねる勢いで走り抜けた馬車があったとの報告がありました。おそらく、そのまま王都を出るものと思われます」

それを聞くなり、ゲープハルトは自分の家臣を見た。

この屋敷を守っていた護衛のひとりが頷く。

すでにその馬車を追っているのだろう。ゲープハルトも頷き返し、もう一度ロイターを見る。

られなかった。
慇懃に頭を下げるロイターを睨んでいても始まらない。わかっていても怒鳴らずにはい
「お前がいながら……どうしてクリスタをあんな男と出かけさせた！」
それほどに、この事態はゲープハルトを動揺させている。やはり警護を解くべきではな
かったと、今さらながらに後悔する。しかし少しでも人員を残していたから、何とか間に
合うだろうという希望もある。
この屋敷の門番は、やはり行動力と判断力では、ツァイラー家には敵わない。
「……申し訳ございません。クリスタ様のご様子から、何かお考えがあるのでは、と考え
てしまい、後れを取りました」
「クリスタの様子？」
「旦那様」
ロイターの言葉に引っかかり問い返すと、ちょうどクリスタ付きの侍女が、封蝋のされ
た手紙を持って来た。
受け取ると、「ゲープハルト様」と表書きがある。
間違えようもない、クリスタの筆跡だ。躊躇わず蝋を解いて中身を確認すれば、ゲープ
ハルトは一瞬で頭に血が上るのを感じた。
「……あの、馬鹿が！」

何が自分が悪い、だ。

何が自由になってください、だ。

何が自分のせいです、だ。

すべてはクリスタから始まっている。それは間違いない。けれどそこからは、ゲープハルトとふたりで進み、積み重ねてきたのだ。

結末をひとりで背負おうとすることが間違っている。

領地に繁栄をもたらし、溢れるほど資産を持っているというのに、これほど馬鹿な女は見たことがない。ゲープハルトは大声で罵りたかった。

ひとりで北の修道院に入り、婚姻を無効にして、それでどうするというのか。

いくらクリスタが別れを願ったとしても、もうゲープハルトはそれを願わない。ふたりが願わなければ、婚姻無効など成立しない。

何より馬鹿なのは、最後の言葉だった。


どうか幸せになってください——


いったい、クリスタのいない世界で、どうやって幸せになれというのか。

「帰ったら絶対に調教しなおしてやる……」

「うわぁ、ゲープハルト兄さん、発言がおかしいよ……」

「駄目だ、ハルトウィヒ。そこに関わると巻き込まれる」

ぼそりと呟いた声を聞き逃さなかったのは、いつの間にか揃っていた双子の弟たちだ。

ツァイラー家で話を聞き、すぐに追いかけてくれたのだろう。

こんな事態なのに気の抜けた話をしているが、ゲープハルトの決意は変えられないのだから、どうでもよかった。

「馬を。すぐに追いかける」

「門へ用意してあるよ」

「すぐにでも走れる」

「ロイター、今日中に連れて帰る。お前たちは屋敷を整え、いつも通り待っていろ」

「――はい、旦那様。お気をつけて」

家令と使用人たちに言い渡すと、ゲープハルトは双子と共に馬に乗り、王都の通りを駆け抜けた。

王都の外門を許可証を見せて走り抜け、ゲープハルトは双子の弟と数人の部下を引き連れ街道を追った。

もうすぐ陽が落ちる。完全な闇になる前に、追いついてしまいたかった。

どこまで走ったのかはわからないが、相手が馬車であるなら、騎馬のほうが圧倒的に速いはずだ。

しかも、進む方向はわかっている。道のところどころにツァイラー家で決められた目印が残されてあり、ゲープハルトたちはそれを追うだけでよかった。

クリスタを乗せたローデリヒの馬車が突然走り始めたというのなら、それを追跡できているだけでも、見張りの者を褒めてやりたかった。

もし見失っていたとしたら、まず捜索に時間を取られ、結果は考えたくないものになっていたかもしれない。

そもそも、初めて見たときから、ローデリヒは気に入らない男だった。クリスタも、だから逃げたはずなのに、どうしてそんな男についていこうと思ったのか。

本当に、能天気すぎる頭の中を一度掻き回して、そこにゲープハルトの気持ちを植え付けてやりたい。

王都が遠く小さくなり、西の塔の向こうに陽が落ち始めた頃だった。

ゲープハルトたちは、砂ぼこりを上げつつ街道を走る一団を視界に捉えた。

「ハルトムート！　ハルトウィヒ！」

名を呼んで視線で指示を送れば、弟たちは心得たように左右に分かれ、部下たちを連れて街道を外れていく。

ゲープハルトは馬に鞭を入れ、気合を入れてさらに速度を上げた。

そして追いかける相手がゲープハルトに気づいた瞬間、馬車の中にも届くように大声で告げる。

「ローデリヒ・バーター！　俺の妻を返してもらおう！」

おそらく、クリスタとローデリヒが乗っている馬車は、あの華美なものだろう。それに並走する簡素な馬車が一台。それを守るように走る騎馬は四人だった。

彼らは護衛のようにまとまっていたが、ゲープハルトに気づくと速度を落とし、迎え撃つように最後尾のひとりが急転回した。

「――ふん、そんなものか」

顔を半分以上布で覆っている相手は、まともな護衛ではない。おそらくローデリヒが手を借りている者なのだろう。ローデリヒが彼らと何を企みどうなろうとどうでもよかったが、同じ空間にクリスタがいることが許せない。

勢いよく迫ってきた騎馬が片手に剣を摑んだ瞬間、ゲープハルトはその横をすり抜け、同時に自分の剣を抜いた。相手を背後にしたときには、抜ききった剣を振るい、血を払っていた。

後方で、どさり、と重たいものの落ちる音がする。

ゲープハルトは振り返ることなく、もう一度声を張り上げた。

「最後通告だ！　止まれ！」

止まるはずがないだろうとわかっていたが、一応叫んでおかなければ、ゲープハルトは騎士でなく傭兵になってしまう。

おそらく、弟たちなら嬉々として静かに近づき、殲滅（せんめつ）するのだろう。

けれどそれは騎士のすることではない。

そしてゲープハルトの弟たちは、騎士ではなかった。

弟たちは左右からあっという間に馬車を挟み、馬車を引いていた馬を驚かせて急停車させると同時に、護衛たちに切り込み混戦に持ち込んだ。

そうなれば、弟たちが負けるはずがない。

ゲープハルトが追いつき馬を下りると、簡素な馬車から降りて来た男たちが弟と部下によって切り捨てられる。

その中のひとりがゲープハルトに向かって駆け出すのを見て、ゲープハルトは剣を青眼に構え、相手の一撃を受け止める。そして二撃目が来る前に踏み込み、男の腕を切り落とした。

すぐ傍で、ガタガタッと馬車が揺れる。

すでに馬と車体は離され、動かぬ箱となっている華美な馬車には、クリスタがローデリヒといるのだろう。

同じ空間に他の男とふたりきりでいると思うと、ゲープハルトの目が据わる。

歩く速度を速めて近づくと、ゲープハルトが着くのと同時に、ハルトウィヒが馬車の扉を開けた。とたんにローデリヒの叫び声が響く。

「う、動くな！　こいつを殺すぞ！」

こいつ、とは、狭い馬車の中でローデリヒに拘束されている、クリスタのことだろう。

他の男の腕の中にいる彼女を見た瞬間、ゲープハルトは剣を構えた。

「――その手を放せ」

「ひ……っ!?　だ、だめだっお前たちが引けっ！　で、でなければこの女を殺して――ッ」

ローデリヒが怯えながら必死になればなるほど、腕の中のクリスタの顔が歪む。きっと加減もせずに締めつけられているのだ。

瞬間、ハルトムートが馬をあやつり、ガァンッと馬車の反対側を蹴り上げた。その隙を狙ってハルトウィヒがローデリヒの腕を掴み、馬車から引きずり下ろす。

一緒に引っ張られたクリスタを、ゲープハルトが受け止め、しっかりと抱きしめた。

「…………」

細い身体だった。

その身体を確かに腕に抱いた瞬間、ゲープハルトから深い息が零れる。

それを合図としたかのように、驚愕に固まっていたクリスタは震えることを思い出し、その手でゲープハルトの服を摑んだ。

「……ッ」

小さく息を呑む音が聞こえる。

やがて声を殺しながら腕の中で泣き出したクリスタに、ゲープハルトはようやく安堵を覚えた。

そうなれば身体は正直で、とたんに反応を示す。

勃った。

これはもう、条件反射なのかもしれない。

そもそも、好きな女を腕に抱いて、反応するなと言うほうが間違っている。

けれど幸いにも、今日も近衛隊の隊服のままだ。一見してわかることはないだろう。

これがふたりきりであれば、野外であっても押し倒していたかもしれない。それほどゲープハルトは、飢えを感じていた。

ローデリヒとその他の誘拐犯は、弟たちによって縛り上げられている。彼らの半数はすでに事切れているので、街道から離れた場所に引きずって行き放置した。

貴族の妻を攫うという大罪を犯しながら、弔ってもらえるとは彼らも思ってはいまい。

クリスタがローデリヒについて行ったことがわからないが、ローデリヒはおそらくクリスタを誘拐する目的で連れ出したのだろう。クリスタの持つ資産が目当てに違いない。

以前はどうしてクリスタを狙っているのかわからなかったが、クリスタの資産を知ったあとでは警戒すべきだった。

ローデリヒは気絶して間抜けな顔のまま、馬車に放り込まれていた。詳しくは目を覚ましたあとで聞くとして、主犯であるこの男だけは、ちゃんと王都に連れ帰り、罰を与えなければならない。

他の者は、命があったのでついでだ。

ほとんど片付いたところで、ゲープハルトは、腕の中で泣き続けるクリスタの頬を両手で包んだ。

「……クリスタ」

「……ご、めんな、さい、ゲープハルト様」

なるほど、間違ったことをしたというのは、理解しているらしい。

けれど、そそる泣き顔で謝ったからといって、簡単に許せるほど人間ができていないことを、ゲープハルトは結婚してから知った。

「君は種益権を持つほど頭が良いというのに、本当に馬鹿だな」

「……っう」

「俺の妻には、どうやらお仕置きと躾が必要なようだ」

「え……っ」

　ゲープハルトの言葉に、赤くなったあとで青くなるという器用な変化を見せたクリスタは、慌てて反論しようとする。

　それを遮り、膝を掬うように抱き上げると、離れたところで待つ馬のもとへ向かう。

「ゲ、ゲープハルト様っ私、歩けます！　自分で歩けますからっ」

　クリスタは弟たちや部下の目を気にしているのか、どうにか降りようとして暴れるが、そんな力でゲープハルトに勝てるはずもない。

「そうか」

「そうか、って……っだから下ろしてくださいっ」

「抱いて歩いたほうが早い」

「遅くても歩けます！」

「見解の不一致というものだな」

「は⁉」

　何と言われても、少しの間もクリスタを離すつもりはなかった。

　真っ赤な顔のクリスタに構わず、大人しく待っていた馬のもとへ抱いていくと、横乗りに乗せてやる。

「わ、あ……」

視線がさらに高くなったことに驚いたのか、感嘆の声を上げるクリスタの顔を見て、ゲープハルトは口元を緩めた。

こんな表情でも、クリスタの笑みが嬉しいとは。

自分はいったいどこまで腑抜けにされてしまったのか。

ローデリヒたちを放り込んだ馬車にもう一度馬を繋ぎ、それを引っ張りながら弟たちが近づいてくる。

そして騎乗した部下に囲まれながら、ゲープハルトは王都に戻っていった。

ようやく陽が沈もうとする王都を、クリスタは目を輝かせて見ていた。ローデリヒに攫われて怯えていたようだが、ゲープハルトが傍にいることで落ち着いたのかもしれない。

それがゲープハルトには嬉しい。

ゲープハルトにぴたりと寄り添い、近衛隊の制服を握り締めるクリスタを、彼も記憶に刻むのだろう。

「私、こんなに綺麗な夕陽、初めて見ました」

「そうか？」

「だって……ゲープハルト様と、初めて一緒に見た夕陽です」

「……そうか」

夕陽に向かって呟いたクリスタは、自覚していないのだろう。

その言葉が、どれほどゲープハルトの胸を締めつけるかを。

腕の中にいるクリスタの表情は、ゲープハルトに惹かれていると思わずにはいられない。

ゲープハルトの思い込みではないはずだ。

けれどまだ、わからないことがあった。

ゲープハルトはこの際、そのすべてを知っておきたかった。

「……クリスタ」

「はい」

「出会った頃の、君の行動の意味を知りたい」

振り向いてからのクリスタの表情は、見ていて面白いものだった。

嬉しそうな笑顔が、ゆっくりと表情を失い、そして驚愕から顔を真っ赤にさせて慌てている。

「……面白いほどの百面相だな」

「わっ私はっあの、その……あれはだって……！」

馬上だというのに、逃げ場を求めて動くクリスタを、慌てて抱き寄せる。

「落ちたいのか、君は」

「落ちたくないけどあれはだって違うんです……！」

真っ赤な顔を見られたくないと、今度はゲープハルトの胸に押し付けて来るクリスタは、周囲の目を忘れているのかもしれない。

「あれは違うとは？　好きではなかったとでも言うのか？」

その通りだと言われたら、ひと目でクリスタの美しさに落ちたゲープハルトは、失意のどん底に落とされるだろう。

クリスタは混乱した様子のまま声を上げた。

「一目惚れでした！　もうゲープハルト様しか考えられなかったけど、計画では私が振られる予定だったんです――！」

「――なんだと？」

「馬鹿なことをすればきっと嫌われると思ってたしあんな変な女なら絶対きっと振ってもらえると思ってたのに！　いったいどうして結婚なんてしてしまったのか私が一番信じられないというかあんなおかしな行動してた女のどこが良かったんですかゲープハルト様も!!」

最後には、何故かゲープハルトが怒られている。頬を膨らませたクリスタに、ゲープハルトは一瞬間を置き、大声で笑ってしまった。

同時に、弟たちも部下たちも笑い声を上げた。

「――――っなんでみんなが聞いているの!?　私はあのだってううこれはばらしちゃいけないことだったのにー！　どうして私をおかしくさせるんですかゲープハルト様

は！」

さらに顔を染め、恥ずかしさを怒りで誤魔化すようにまたゲープハルトに怒りをぶつけるクリスタに、笑いが止まらない。

いったいどこを探せば、好きな相手に振られようと計画する女性がいるのか。

しかもあんなに全力で好意を向けてくる美女を、簡単に振り切れる男がいると思っているのか。

クリスタは、なるほど領地で好きなことだけをしてきた女性らしく、常識が少し欠落しているようだ。

しかしそれが、ゲープハルトには堪らない魅力だった。

目に涙まで浮かべて笑ったのは、いつぶりだろう。

腕の中で拗ねるように怒っているクリスタは、ゲープハルトをやはり惹きつけてやまない。

笑われていることに怒り、尖らせた唇を見たくて、その顎を取って上に向ける。

「それで……本当に振られたかったのか？」

「……っ」

衝撃を受けたように驚いた顔が、すぐに泣きそうになる。

つまりクリスタは、振られたくはないらしい。

安堵しているゲープハルトの気持ちなど、この愛らしく小さな頭は理解していないのだろう。

「クリスタ」

笑いを含んだ声で名前を呼び、上体を傾けてその唇を奪った。

まさに奪うように濃厚な口づけをしてやる。唇が離れた瞬間に今の状況を思い出したクリスタは、声にならない悲鳴を上げて、子どものようにゲープハルトの胸を叩いた。

まるで痛くないその痛みに、ゲープハルトはまた笑った。

この時間を、ゲープハルトは忘れないだろう。

＊

王都が闇に包まれる頃、クリスタはようやく屋敷にたどり着いた。

怒濤の一日だった。馬から下りたときにはどっと疲れが押し寄せ、そのまま地面に座り込みたいほどだった。

けれど、そうもいかない。

待ち構えていた家令や侍女が気遣うように迎え出てくれて、心配をかけていたのだと実感する。

「ごめんなさい、みんな……私の勝手でこんなことに」

自分がどんなに愚かだったのか、クリスタは充分理解した。

結局は、自分が楽になりたかっただけなのだ。

罪を償おうとすべてをひとりで決めてひとりで動いたところで、それは何の解決にもならない。

それを、身体を張って教えてくれたゲープハルトは、双子の弟やツァイラー家の人々と話している。

馬車に放り込んだままのローデリヒをどうするか、決めているらしい。

どうしたい、とゲープハルトに問われたとき、クリスタは正直もう顔も見たくない、と思った。

ローデリヒの狙いは、クリスタの資産だけだった。

その資産を奪い、自らの借金を返済し、余った分で放蕩を続けるつもりだった。彼をどうしたいか、具体的なことはよくわからない。

ただ、そんな人ともう会話もしたくない、と思っただけだった。

馬車の中でのことを帰り道にゲープハルトに話すと、彼の笑顔が凄みを増していくのが怖かった。しかしすぐに怒りを抑え、クリスタを安心させるように抱きしめてくれた。

それがあれば、クリスタはもう何もいらなかった。

ローデリヒの罰は、おそらくバーター男爵家で考えることになるのだろう。もう二度と自分に関わらないでもらえるのなら、ローデリヒがどうなっても構わない。

ゲープハルトはその意向を確認すると、先に部屋で休むよう促してくれた。

「本当に、心配いたしましたが……良かったです」

「本当です。ご無事で何よりでした……もう、クリスタ様のお姿を見るまで、生きた心地がしませんでした」

この屋敷に来て以来お世話になっている侍女たちに責められるのも、クリスタの罰なのだろう。

湯浴みをして身ぎれいにしてもらいながら、何度でも謝った。

確かにクリスタも、もう駄目だと思った。あの馬車の中で、夢にまで見ていた声を聞くまでは。

自分には泣く資格などないと堪えていたが、勝手な真似をしたクリスタを助けに来てくれたゲープハルトの声に、我慢できなかった。一度はすべて諦めたクリスタを、あっさりと助け出してくれて、ずっと求めていた温もりの中に包んでくれた。

ゲープハルトの腕の中よりも安心できる場所など、クリスタは知らない。

周囲の目も忘れてとんでもない告白をし、ついでに愚かな計画もバレてしまったことに、恥ずかしさで地面に埋もれてしまいたかったが、ゲープハルトは優しく笑ってくれた。

ゲープハルトが優しい。

いったい何があったのかわからないけれど、一時の怒りなどまるで無かったかのように、また笑顔でクリスタを見つめてくれる。

少し意地悪なところも、変わらない。

でもそんな彼を胸が苦しくなるほど好きになってしまったのだから、もしや自分は病気かもしれない、とクリスタは胸を押さえた。

「クリスタ様？　いかがなさいました？」

「もしや、どこかお怪我でも？」

「あ……ううん、大丈夫よ。ちょっとゲープハルト様が……」

格好良くて苦しくなった、と正直に答えそうになって、慌てて口を閉じる。

真っ赤になっているだろう顔を見られればバレてしまうだろうが、一応口に出さないくらいの恥じらいは残っている。

それよりも、クリスタは気になっていることを訊いた。

「ねえ、その……ゲープハルト様は、もう怒っていらっしゃらないのかしら？」

「怒る？」

「旦那様が、ですか？」

侍女が揃って首を傾げたので、クリスタもつられて傾げてしまった。

あの機嫌の悪さを、クリスタを監禁してしまうほどの怒りを、彼女らは忘れてしまったのだろうか。そのせいでクリスタは、徹底的に嫌われたと思って、愚かな計画まで立てたというのに。

そこでようやく、侍女が思い出した、というように手を叩いた。

「あ、クリスタ様、あれは怒っていらしたのではなく……やきもちを焼かれていたんです」

「は？」

「いわゆる嫉妬というものですね。男の嫉妬は見苦しい、とも言いますけれど……」

「まさにその通りだったかもしれませんね」

大変でしたね、と苦笑いされ、クリスタは理解が追いつかず今度は逆方向へ首を傾げた。

「……まさかクリスタ様、お気づきではなかったとか」

「あんなにわかりやすいのに!?　お陰でニヒトは、しばらく生きた屍状態だったんですよ!?」

「ニヒトが……どうして？　彼は真面目で良い庭師でしょう？」

クリスタが言うと、侍女は揃って可哀想なものを見るような目をした。

それは主人を見る目ではないと思う。

クリスタは、彼女たちの言うことをもう一度考えてみた。

「ゲープハルト様が怒ったのは嫉妬……」

クリスタが、他の男と、といっても庭師だけれど、一緒にいたから、怒った。他の男と一緒にいることが許せなくて、監禁した。

つまり、ゲープハルトは――。

クリスタはゆっくりと考えを巡らせて導き出した答えに、一気に頬を染めた。

「う……っえ!?」

まさか。それではゲープハルトは、クリスタを好きだということになってしまう。

「クリスタ様……」

「今頃、気づかれたのですね……」

まさかいったいどうして、ゲープハルト様が私を、いや、でも変に期待してはいけない。

クリスタは、喜びそうになる気持ちを必死で抑えつけ、冷静さを取り戻そうとする。

そこへ、諸々の処理も落ち着いたのか、ゲープハルトが現れた。

「まだここにいたのか」

「あ、ゲ、ゲープハルト、様……」

彼も身を清めたのだろう。埃をかぶった近衛隊の制服を脱ぎ、さっぱりとした部屋着になっていた。

服装が変わっても、その姿の良さが変わるわけではない。

まだ動揺したままだったけれど、ゲープハルトはそんなこともどうでもいいのか、クリスタの手を取り、部屋を移動する。

二階の奥へ向かっている。この先には、寝室があるだけだ。

クリスタはとたんに緊張してきて、前を行くゲープハルトに声をかけた。

「あの、どこへ行くんですか？」

「わからないか？」

「……わかりたくないです」

ちらりと後ろを振り向くゲープハルトに、クリスタは思わず俯き、正直な気持ちを答えた。

けれどその正直さが、受け入れられるわけではない。

ゲープハルトは寝室の扉を開けて、さっさと中に入る。

また、ふたりきりになってしまった。

十章

動揺の浮かぶクリスタの目を見て、まずは話し合いが必要だと、ゲープハルトは逸る気持ちを抑えつけた。

本能に従ってこのまま押し倒して抱きつぶしてしまいたい。だがそれではおかしな思考で突っ走ってしまうクリスタを変えることはできない。

寝室に置かれたソファに座り、少しだけ考えて、膝の上へ横向きにクリスタを座らせた。

「えっ、あの、ゲープハルト様……？」

「少し話がある、クリスタ」

「……この格好で、ですか？」

「この格好で、だ」

一時も離していたくない。ふたりの間に少しでも隙間があるのが嫌だ。

けれど、話もしたい。

どちらも満たす解決策がこれなのだ。

クリスタは頬を染めて、それでも大人しくゲープハルトの膝の上に座っている。

部屋着のクリスタは、湯浴み後でさっぱりとしていて、どこも柔らかくて美味しそうだった。

しかしただ美味しそうなだけではない。

まったく初対面からおかしな行動をしてくれたけれど、本当のクリスタはもっとおかしな思考をしていて、ゲープハルトを惹きつけ続ける。

クリスタを知るほど、自分の理想はクリスタになった。

それほど溺れさせておいて、自分から離れるという選択をしたクリスタが信じられない。

ゲープハルトが、さて自分の気持ちをどう伝えたものか、と考えていると、膝の上でクリスタが居心地悪そうに身じろぎした。

「……あの」

「……うん？」

「あの……ええと、ゲープハルト様……？」

「なんだ」

恥ずかしさと戸惑いが混ざったように言い淀み、それでも我慢できないのか、柔らかなゲープハルトのシャツをぎゅっと摑んで顔を覗き込んできた。

「その……」

「だから、なんだ？」

「あの……！　あれ、あれがですね、なんというか、すごく、私のお尻の下で……！」

主張してます、と顔を赤くしたまま教えてくれるクリスタに、これは煽られているのだろうか、と本気で考えた。

「知っている」

「……っ!?　ご存じで!?」

「自分の身体だからな。わかるだろう、普通」

「えええええ!?　知っていてこの体勢!?　そんな平然と!?」

クリスタに触れれば、当然のように身体は反応する。

もはやこの状態が通常になりつつあった。

戸惑いを隠せないクリスタに、何の悪いことがあるのか、と返した。

「好きな女に触れていて、勃たない男はいないだろう」

「……ええっ!?　い、いつから!?」

「今日、馬車から出た君を抱きしめてからだが」

「そんなに前から！　あ、いやそうではなくて！　身体のあれじゃなくて――！」

真っ赤にした顔を、どうにもできなくなった様子で、両手で押さえる。細い身体を落とさないよう腕で囲んだ。

そのままクリスタの興奮が収まるのを待つと、まだ頬は紅潮したままだが、真剣な声で問うてきた。

「……その、すき、好きな女、という意味について……！」

「そもそも、好きな女でなければ結婚などしない」

「…………ッ!!」

きっぱりと答えると、クリスタは感銘を受けたように綺麗な茶色の瞳に涙を浮かべ、声もなくゲープハルトを見つめた。

当然のことを言っただけなのに、どうしてそんな顔をしているのか、さっぱりわからない。

けれどクリスタの驚愕の意味を考えて、ゲープハルトも気づいた。

「……伝えていなかったか？」

「……聞いていません」

クリスタの目は、怒りも含んでいて、恨めしそうにゲープハルトを見つめている。

ここで怒るのか、と思うも、彼女の目から涙が零れるほうが罵られるより早かった。

「……っわ、わた、し、だって……ゲープハルト様に、きら、嫌われてると、思ってっだから、私がいなくなれば、ゲープハルト様が、幸せになれる、って思って……ずっと、嫌われて……っこんなおかしな女、だから」

　震える声で紡がれる告白に、ゲープハルトのほうが驚愕した。

「まさかそんなふうに思っていたとは……それだけで良かったのか？」

　どう伝えればお互いの気持ちのずれがなくなり、おかしなことを考えるのを止めてくれるのか、必死に考えていたのに。クリスタは結局、ゲープハルトの気持ちを知らないだけだった。それを伝えるだけですれ違うことはなかったとは呆れるばかりだ。

　まさかこんなに感情を表していたのに、気づかれていないとは思わなかった。

　しかもクリスタは、自分がおかしい言動をしていたことの自覚もあるようだ。

「私は、すごく欲張りになってしまったんです……」

「欲張り？」

　涙をぽろぽろと零すクリスタは、まるで人魚が泣いているように美しい。

「振られることを覚悟していたのに、ゲープハルト様と一緒にいると、それが悲しくて……でも無理やり結婚させてしまって、本当に申し訳なく思っていたのに、もっと優しくされるから、私は、もっと一緒にいたくて、もっとゲープハルト様を知りたくなって、放したくなくなって……」

　欲張りです、と泣くクリスタに、どうしてくれようかと途方に暮れた。

いったいどうして、結婚して妻になった相手から、これほどの告白を今さら受けなければならないのか。さっきからクリスタは、自分を煽って楽しんでいるに違いない。

「……ごめんなさい」

「……それは何の謝罪だ？」

馬鹿なことをしでかしたことについてなら、もう謝ってもらっていた。

あれほど怖い思いをして、ゲープハルトの腕に戻り、そして彼の気持ちも理解したなら、二度と同じことはしないだろう。

それなら、もうクリスタが謝ることなどないはずだった。

「わ、私なんかに、好きになられて……ゲープハルト様が、可哀想で」

「…………」

クリスタの自己評価の低さは、いったいどこから来ているのか。

これほど美しい女性にこんなふうに想われるだけでも喜ばしいことなのに。クリスタの人柄を知るほどに、ゲープハルトはさらにもっと彼女を好きになってしまったというのに。

つまりゲープハルトは、可哀想な男ではない。

おそらく、この国で誰より幸せな男に違いなかった。

「クリスタ、俺は、君に好かれていることをなにより嬉しいと思っている」

「……っ」

「それに、愛する妻に想いを寄せられて、喜ばない夫はいないだろう？」

「――――!!」

口を開こうとするも言葉にならないのか、表情だけで喜びを表しているクリスタは、やはりゲープハルトを煽っているに違いない。

その細い顎を取り、額に、瞼に、頬に口づけを落とす。

そこから角度を変えて、耳に強く唇を押し付けた。

「ん……っ」

クリスタは肩を震わせ、潤んだ目を細めて縋るように抱きついてきた。

「ゲープハルト様……っ」

「……うん？」

「くち……口に、ください……っ」

初めての、あまりに直球のおねだりに、我慢はできなかった。

むしろもう充分我慢しただろう。ゲープハルトは彼女の望むまま、自分の欲するまま、唇を深く重ねた。

「ん……っん」

鼻から抜ける苦しそうな息さえ、ゲープハルトを急かす。

口腔を何度も舌で犯しながら、部屋着の裾を捲り、すべらかな脚を伝って中心にたどり着くと、また下着の存在がなかった。

まったく、クリスタはゲープハルトを喜ばせる天才だ。

そしてすでに指が濡れるほど感じていることに、口端が上がる。

「クリスタ……すぐに欲しい。君に挿れたい。奥まで何度も、侵したい」

「……っは、い」

口づけの合間の返事に、ゲープハルトは本能にだけ従うことを決めた。

この、おかしいほどに自分を狂わせるクリスタを、もうどこにもやりたくないと、全身が叫んでいた。

じゅく、と音を立てると、一度達した身体を持て余すクリスタが目を潤ませて恥じらう。

まだ耳に音が届くくらいには、意識は残っているようだ。

脚を開かせて、上から覆いかぶさるように腰を進める。ゲープハルトを求めて彷徨う細い手に指を絡めて、敷布に押し付けた。

「あ、あぁんっ」

そのままゆっくりと腰を前後に揺らすと、クリスタは目を細めて声を上げた。

その思ったより甘い響きに、クリスタ自身も驚き、戸惑っているようだ。しかしその声を、ゲープハルトはもっと聞きたいのだ。

「あ、あぁ、ん、んっ」

声を出さないように必死で口を閉じようとしているが、そんな様子すらゲープハルトを駆り立てる。

上体を屈めて丸い乳房に舌を這わせ、先端で震えている乳首に軽く噛みつくと、クリスタの内側のほうが早く反応して、ゲープハルトを締めつけた。

「ん……」

「あ、あっやぁ……っ」

「……クリスタ、それは、なしだと言っただろう」

クリスタの口から「嫌」という言葉を、本心でなくても聞きたくなかった。それはこれまで何度も言ったし、口にするたびお仕置きだといたずらを仕掛けては身体に教えたが、なかなか直らないようだ。

けれど、直らないならそれで、いつでもお仕置きができる。

それなら別に直さなくてもいいかと考え、今回は勝手な思い込みで家出までして心配をかけた、そのお仕置きと併せて何度も苛む。

「んん……っで、でもっだって、そんなの……っ」

「でももだってもなしだ。いずれ子どもが産まれたら、言い訳ばかりする親はどうかと思うが？」

「……こ、こどもっ」

ゲープハルトの言葉に、クリスタの顔が別の意味で赤く染まっていく。

どうしてここで恥じらうのか。

「……子どもは欲しくないのか？」

「欲しいですけど！　きっと絶対可愛いですよゲープハルト様の子ども！　でも私がそれって産むということに……！」

「君以外の誰が産むんだ？」

まさかゲープハルトに浮気を勧めるつもりだろうか。

しかしクリスタのことだ。何かの拍子に、そんなことを思いつかないとも限らない。

これはしっかりと教え込まなければ、と強く腰を押し付けた。

「あっああんっ」

「君は時々、考えがおかしな方向へ進むようだから、これからはすべて、俺に相談するように」

「あ、あっん！」

「やりたいことは何でもさせてやりたいが、そこもちゃんと相談して決めよう」

「んんっんぁんっあっだ、だめっ」

「しかし、他の男と二人でいるのは許してやらない。どこかへ行くにもできるだけ俺を誘うように。できるだけ一緒に行こう。わかったか？」

「あ、あんっわ、わか……っわかる……っゲープハルト様っいく、一緒にいく……っ」

「……っそういう、意味では……まぁ、いいか」

律動を速めてやると、クリスタのほうが我慢できなくなったようだった。

内壁の締めつけと柔らかさに、ゲープハルトも我慢などしたくない。

手を離して細い腰を両手で摑み、抽送を激しくすると、行き場を失くしたクリスタの手がゲープハルトの肩に触れ、縋るように強く抱き寄せる。

「あ、あ、あっい、くっゲープ、ハルト、様……ああぁっ」

全身で達したクリスタに吸い取られるようにして、ゲープハルトも最奥へ飛沫を吐き出した。

「……っあぁ……つい、いってしまった」

「ん、ん……っ」

達した余韻に身もだえるクリスタの上で、ゲープハルトは誘われてしまったことに小さく舌打ちする。

もっと苛んで身体に教え込むつもりだったのに、とクリスタが知れば青くなりそうなことを考えていたが、自分で思う以上にゲープハルトは彼女に甘いようだ。

「クリスタ？」

しとどに濡れた秘所に自分の性器がまだ収まっているのを確かめてから引き抜くと、どろりと白濁が零れる。

思わず目を細めていると、ぼんやりしたままのクリスタは呼びかけられたことに反応しながら、ゲープハルトの笑みを不思議に感じているようだった。

「ああ……この分だと、すぐに子どもができるかもしれないな、と思ってね」

「こ、こども……」

何がそんなに恥ずかしいのか、クリスタはその言葉にいちいち頬を染める。

「こんなに溢れさせているのだから、クリスタが産むのは俺の子どもだろう？　それとも、他の男の子を産む予定が？」

「ちが……っ」

慌てて首を横へ振るクリスタに覆いかぶさり、隣に並ぶように転がった。

腰を抱き寄せてぴったりと身体を合わせれば、汗と他のもので濡れたままの肌を不快に感じてもいいはずなのに、心地よく、温かい。

寝台に転がったまま目を合わせた。

「俺の言ったことは、守れるか？」

「……はい？」

あやふやな答えだったけれど、言質は取ったことにしよう。

クリスタの視線はとろりとしていて、まだ夢うつつのような表情をしている。

そこまで気持ち良かったと思ってくれているのなら、ゲープハルトとしても本望だ。

けれどももっとちゃんと理解させ、知らしめておかなければ、不安が残る。何故ならそれは、クリスタだからだ。ゲープハルトの常識の範囲を超えて動く、一向に目が離せない、放したくない女性。

いつまでもずっと、クリスタを見続けていたい。

「クリスタ、好きだ」

「…………っ!?」

ぼんやりとゲープハルトの言葉を聞いていたクリスタは、理解に時間がかかったようで、間を置いて一気に首元まで赤くなった。

とどめとばかりに唇に口づけを落とすと、クリスタの茶色い目が輝きを増した。

「……ゲープハルト様……す、好きです、私も、お願いです。お願いだから」

「……お願い？」

「……お願いだから、私と一緒に、幸せになってください……」

その願いに、いったい何と答えたら正解なのだろう。

ゲープハルトは冷静な思考が本能に消されていくのを感じながら、その答えは身体で示すほうが早いと判断した。

「俺をずっと、全力で、好きでいろ。そうしたら――……」

「……ら？　口づけ、くれますか？」

「…………」

与えたいのは口づけだけではない。

それで終わると思っているクリスタは、やはりまだ、ゲープハルトを理解しきれていないのだろう。

ゲープハルトは、これは躾か調教か、と考えながら、深くクリスタの唇を奪い、終わらない夜を続けることにした。

終章

引き籠もっていた領地から出て、王都で素敵な人を見つけて猛烈に迫った結果、嫌われて振られて傷心のまま領地に帰り、傷を抱えながら永遠にひとりで暮らすおひとり様計画は、完遂できなかった。

原因は何だろうと考えると、いくつか見つかった。

ひとつ目、結婚させたい両親の影響力が大きかった。

これはなかなか、予想以上だった。高位貴族の中でもヴェーデル侯爵家は、並ぶ者はそういないだろう立場だ。

そんな貴族の令嬢に迫られて、断れる相手も少ない。

次に、相手のツァイラー子爵家も、ある意味想定外だった。

貴族の常識など考えていない、はっきり言えばちょっと頭のおかしい女を、快く受け入れる家があるとは思わなかった。

そしてゲープハルト。一目惚れだと言ったのは、偽りではない。惹かれていなければ、振られるにしてもあれほど追いかけようとは思わなかった。

彼は優しすぎる。少し意地悪なところもあるけれど、クリスタの気持ちをいつも酌んでくれる。だからクリスタは、好きになりすぎてしまった。

最後に、クリスタ本人だ。自分の意思と本心は必ずしも一致するとは限らないと、この歳になって初めて気づいた。

好きだという想いは、自分の都合だけでは決められず、自由に操ることもできない。想いが通じると嬉しいし、伝わらなければ涙が止まらなくなるほど悲しい。領地に帰るまでもなく、何もできない引き籠もりになっていただろう。

けれど想いが叶ってしまったからこそ、クリスタは欲深くなってしまったし、愚かにもなった。

これが恋に落ちるということか、クリスタは深く息を吐いた。

「また何か考えついたわけじゃないよね？」

午後の暖かな陽射しの入る客間で、クリスタに声をかけたのは、弟のヴィンフリートだ。弟はもうすぐ領地に帰るため、挨拶に来てくれていた。

姉の顔を訝しんで見つめる弟に、クリスタは姉らしく威厳を持って言い返した。

「またって何よ。私は別に変なことは考えていないわよ」

「これまでのことを忘れたわけじゃないよね、姉上？」

「……失礼ね、私の記憶力はとても良いのよ」

忘れたわけではない。

ゲープハルトには大変な迷惑をかけたと、自分の計画を話してひたすら謝罪した。両親に送るつもりで書いた手紙は、回収する前にすでに送られており、盛大な説教をいただいたこともなかなか忘れられない。

父はあまりに馬鹿なことをしたと、婚姻を無効にしてもらっても構わないとまで、ツァイラー家に申し出たくらいだ。それはもちろん、ゲープハルトが断ってくれた。断られなかったら、クリスタは絶対に泣き暮らしただろう。

こんな馬鹿な娘でもいいと言ってくれるなんてと、両親の中でゲープハルトは、神のような扱いになっていた。

そしてローデリヒの誘拐劇については、クリスタには結末だけが教えられた。

もう二度と、クリスタの前にローデリヒが姿を見せることはない。

気づけばヴェーデル家の領地が広くなっていたり、小作人にバーター家という家名が増えていたりするけれど、クリスタが気にすることではないらしい。

ただ気になっていたのは、ローデリヒが王都の本通りを馬車で疾走(しっそう)した際、怪我人が出なかったかということだ。

転んだ人もいるようだが皆軽傷で、その賠償はヴェーデル家とツァイラー家ですることとなり、解決していた。

クリスタ自身、愚かなことをしたと反省しているから、これからは勝手な行動は控えようと誓った。

それに、やりたいことはゲープハルトと相談する、と決められたばかりだった。

その決め方にはちょっとどうかと思うところもないではなかったが、結局クリスタはゲープハルトには逆らえないのだから仕方ない。

「わかったよ、記憶力の良い姉上。これからは、あまりゲープハルト様にご迷惑をかけないようにね」

「あら……私はそんなに迷惑はかけてないわよ」

「姉上が迷惑ではないと思っていても、他の人からすれば違うかもしれないでしょう？ちゃんと人の意見を聞くこと。頭のいい姉上なんだから、わかるでしょう？」

「……わかってますー」

「姉上が王都で暮らせるようにって研究用の農地を用意してくれるなんて、本当にゲープハルト様はすごすぎる。姉上にはもったいないくらいだ」

このヴィンフリートの中でも、ゲープハルトが神に近い存在になっているように思われるのは気のせいだろうか。

クリスタのしてきたことを知ったゲープハルトは、ふたりで話し合ってから、解決策として王都に農地を用意してくれた。

それは王都の東端にある、ツァイラー家の訓練用となっている土地の一部で、クリスタの研究に使う分には充分な広さがある。

場所もツァイラー家の敷地内なので、安全だということだ。

王都から離れられないゲープハルトが、ヴェーデル侯爵家の領地に比べれば窮屈で申し訳ないと言っていたが、まったくそんなことはなかった。

何しろ、おひとり様計画は崩れたのだから。

確かに作物の研究や農業が好きだったけれど、今のクリスタにとって、領地でひとりになるより王都でゲープハルトと暮らすほうが、比べものにならないほど幸せだ。

ゲープハルトがそこまでしてくれたことが、本当に嬉しくて堪らない。

この感謝をどう表したらいいのか、戸惑うくらいだ。

だからそんなことは弟に言われなくてもわかっているが、気安い姉弟の関係で、このまま素直に認めるのもつまらない。

「あら、私だってあと数匹猫をかぶって頑張れば、もっといけたかもしれないのよ」

「そんなことはありえないよ。姉上の猫は勝手気ままますぎるから、勝手に離れてしまうもの」

「猫をもっと手懐けるわ！」

「猫がなくても結婚してくれるなんて、ゲープハルト様くらいのものだよ」

「そうかもしれないけど、私の実力はもっと――」

「クリスタは他の男を探しに行こうとしているのか？」

姉弟の他愛ない口喧嘩に、新たな声が加わった。

それは、部屋の温度が下がったのでは、と感じさせるくらいの低音で、クリスタの表情は固まり、背中に冷たいものが流れた。

固まった姉とは対照的に、弟のヴィンフリートは嬉しそうに、義兄となったゲープハルトへ向かっていた。

「ゲープハルト様！　お帰りでしたか。お邪魔しております。領地に帰るので、ご挨拶に伺ったのですが……」

「それはわざわざありがとう。でもヴィンフリート、我々は兄弟になったのだから、義兄（あに）と呼んでくれたほうが嬉しいのだが」

「あ、ありがとうございます……ゲープハルト義兄上」

そこでどうして恥じらうの。

頬を染め喜びを隠しきれないヴィンフリートと、義弟からの新しい呼び名に満足しているゲープハルトにクリスタは遠い目になったが、ゲープハルトの視線が自分へ向いた瞬間、さっと顔を背けた。

とても、正面から目を見る勇気はない。

普段は優しいゲープハルトだけれど、意地悪なときは本当に意地悪だ。以前に「お仕置き」「躾が必要」と聞こえたときは、聞こえなかったふりをしてうやむやにできたけれど、今は少々分が悪い気がする。

クリスタをとても好きだというゲープハルトの想いは、充分伝わっている。

両想いになったことは、夢ではないだろうかと思うほど嬉しかったけれど、時々、その想いが重すぎるときがある。

それは、クリスタが他の男性の話をしたときだ。

「あとひと月ほどで、クリスタの研究用農地の開拓が終わる予定だ。ヴェーデル侯爵の領地に比べれば、同じ農地だと言うのもおこがましいが、完成したらまた見に来てほしい」

「はいっ！」

元気に答えるヴィンフリートに、穏やかなゲープハルト。

和やかな雰囲気に、クリスタの先ほどの発言は流されたのかな、と安堵した。

その後、ヴィンフリートは、本当に挨拶だけで帰ってしまった。それを笑顔で見送ったが、玄関ホールで扉が閉まるなり、ゲープハルトがクリスタの手を取る。

クリスタの笑顔が凍りついた。

「それで？　君はどんな男を探しに行く計画を？」

「あああの別にそんな計画は立てていません！」

「へぇ？　君は目を離すとすぐに突拍子もない計画を思いついて、実行しようとするからな」

まるで信用がないと言わんばかりの笑みに、クリスタは必死に首を振り、ゲープハルトの服を摑む。

「私本当に、ゲープハルト様以外の男性は興味ないですから！」

「本当に？」

こくこくと何度も頷くと、必死さが伝わったのか、ゲープハルトはゆっくり頷いて納得してくれた。

「そうか。それなら、夫婦での計画を立てることにしよう」

「夫婦での計画……？」

にこやかなゲープハルトの言葉の見当がつかず首を傾げた。

「夫婦での第一の計画はもちろん、子作り計画に決まっている」

「……はい!?」

驚き声を上げるクリスタの手を引き、ゲープハルトは屋敷の奥へと進む。

「あ、あの、どこへ行くんですか？」

「わからないか？」

「わかりたくないです！」

前にもこんなやりとりをした気がする。

抵抗もできずたどり着いた先は、やはり夫婦の寝室だ。

「この計画なら、いつでも協力しよう」

すぐにでも寝台に押し倒されそうな勢いに、クリスタは慌ててゲープハルトを止めた。

「ま、待って、ください！」

「どうして」

どうしても何もない、と言い返したかったが、本心ではゲープハルトに触れられることが嬉しいのだから、きっぱりと断ることもできない。

それにしたって、こんな明るいうちから。

クリスタはあまりの恥ずかしさに必死に頭を働かせた。

「け、計画なんですから、順序良く、じっくりですね……！」

「順序良く。確かにそうだな。わかった、順序良く、じっくりしよう」

ああっ違う何だか誘ったみたいになった！

とうとう寝台に倒されたクリスタは、今日も近衛隊の制服を美しく着こなしたゲープハルトを見て、頬を染める。

その襟元を寛げる指から唇へと視線を移してしまい、もはや頭が回らなくなる。気づけば、思ったことをそのまま口にしていた。

「……順番……順番を守ってしなくちゃだめです」

「順番？」

「計画の第一項は……そう、口づけからです、ゲープハルト様」

クリスタの計画に、ぱちりと目を瞬いたゲープハルトは、次の瞬間大きな声で笑った。

「まったく君は……」

まっすぐに見つめてくるゲープハルトは、とても格好良くて、きっと一生見飽きないだろう。

クリスタは、この人に見つめられ、一緒に笑い合える幸せに感謝する。

「そうだな。順番を守って、口づけから、始めよう、クリスタ」

「……はい、ゲープハルト様」

この幸せは、そもそも自分が立てた計画が始まりなのだから、あながち失敗ではなかったのかも。

クリスタはそう思いながら、もっと幸せになる計画の第一歩として、目を閉じて深い口づけを受け入れた。

あとがき

初めましての方も再びの方もこんにちは、秋野(あきの)です！

前作もちょっとぶっとんだ人々が出てきていた気がしますが、今回も負けず劣らずな人々で溢れています。でも一番可笑(おか)しいのはヒロインです。ヒロインのテンションの高さが、この作品の一番のポイントだと思ってます。ハイテンションのままに書いたので、そのテンションで読んでいただければなぁと思います。

おひとり様計画が失敗に終わったヒロイン。それはそれで楽しそうな人生だな、とその後を考えてにまにましてます。その分、ヒーローが大変なんでしょうが……それもまた、楽しんでくれるとヒーローを信じてます。

今回もまた、素敵な絵を描いてくださった国原(くにはら)さんに感謝を！　ヒーローの格好良さに胸を何度も撃ち抜かれ、憐れな姿に笑いが止まらず、本当にどうしようかと思いました。ならびに担当様、毎度お世話をおかけしています（進行形）。でも懲りずにこれからもよろしくお願いします！　ね!?

最後に、この本を手にしてくださったあなたへ感謝を込めて、あとがきも終わりです。

またどこかでお会いできることを願って。

秋野真珠

この本を読んでのご意見・ご感想をお待ちしております。

◆ あて先 ◆

〒101-0051

東京都千代田区神田神保町2-4-7 久月神田ビル7階

㈱イースト・プレス　ソーニャ文庫編集部

秋野真珠先生／国原先生

堅物騎士は恋に落ちる

2017年2月7日　第1刷発行

著　　者　秋野真珠

イラスト　国原

装　　丁　imagejack.inc

D T P　松井和彌

編集・発行人　安本千恵子

発　行　所　株式会社イースト・プレス
〒101-0051
東京都千代田区神田神保町2-4-7 久月神田ビル
TEL 03-5213-4700　FAX 03-5213-4701

印　刷　所　中央精版印刷株式会社

ISBN 978-4-7816-9594-5
定価はカバーに表示してあります。

Sonya ソーニャ文庫の本

『変態侯爵の理想の奥様』 秋野真珠

イラスト gamu